唐宋八大家 大块文章

张健 编著

图书在版编目（CIP）数据

唐宋八大家：大块文章 / 张健编著. -- 南京 : 江苏凤凰文艺出版社, 2024. 6 -- ISBN 978-7-5594-8789-6

Ⅰ．I264.2

中国国家版本馆CIP数据核字第2024QA9700号

著作权合同登记号：10-2024-109

版权所有 © 时报文化出版公司

本书版权经由时报文化出版公司授权北京时代华语国际传媒股份有限公司简体中文版，委托英商安德鲁纳伯格联合国际有限公司代理授权。非经书面同意，不得以任何形式任意重制、转载。

唐宋八大家 ：大块文章

张健　编著

责任编辑	项雷达
图书策划	宁炳辉　马利敏
特约编辑	刘丹羽
装帧设计	时代华语设计组
出版发行	江苏凤凰文艺出版社
	南京市中央路 165 号，邮编 : 210009
网　　址	www.jswenyi.com
印　　刷	唐山富达印务有限公司
开　　本	880 毫米 ×1230 毫米　1/32
印　　张	7.75
字　　数	179 千字
版　　次	2024 年 6 月第 1 版
印　　次	2024 年 6 月第 1 次印刷
书　　号	ISBN 978-7-5594-8789-6
定　　价	58.00 元

江苏凤凰文艺版图书凡印刷、装订错误，可向出版社调换，联系电话025-83280257

总序
用经典滋养灵魂

龚鹏程

每个民族都有它自己的经典。经,指其所载之内容足以作为后世的纲维;典,谓其可为典范。因此它常被视为一切知识、价值观、世界观的依据或来源。早期只典守在神巫和大僚手上,后来则成为该民族累世传习、讽诵不辍的基本典籍,或称核心典籍,甚至是"圣书"。

中国文化总体上的经典是六经:《诗》《书》《礼》《乐》《易》《春秋》。依此而发展出来的各个学门或学派,另有其专业上的经典,如墨家有其《墨经》。老子后学也将其书视为经,战国时便开始有人替它作传、作解。兵家则有其《武经七书》。算家亦有《周髀算经》等所谓《算经十书》。流衍所及,竟至喝酒有《酒经》,饮茶有《茶经》,下棋有《弈经》,相鹤相马相牛亦皆有经。此类支流稗末,固然不能与六经相比肩,但它们代表了在各自那一个领域中的核心知识地位,是很显然的。

我国历代教育和社会文化,就是以六经为基础来发展的。直到清末废科举、立学堂以后才产生剧变。但当时新设的学堂虽仿洋制,却仍保留了读经课程,以示根本未隳。辛亥革命后,蔡元培担任教育总长才开始废除读经。接着,他主持北京大学时出现的新文化运动更进一步发起对传统文化的攻击。趋势竟由废弃文言，提倡白话文学，一直走到深入的反传统中去。

台湾的教育发展和社会文化意识，其实也一直以延续五四精神自居，故其反传统气氛及其体现于教育结构中者，与大陆不过程度略异而已，仅是社会中还遗存着若干传统社会的礼俗及观念罢了。后来，台湾才惕然警醒，开始提倡"文化复兴运动"，在学校课程中增加了经典的内容。但不叫读经，乃是摘选"四书"为《中国文化基本教材》，以为补充。另成立"文化复兴委员会"，开始做经典的白话注释，向社会推广。

文化复兴运动之功过，诚乎难言，此处也不必细说，总之是虽调整了西化的方向及反传统的势能，但对社会民众的文化意识，还没能起到普遍警醒的作用；了解传统、阅读经典，也还没成为风气或行动。

20世纪70年代后期，高信疆、柯元馨夫妇接掌了当时台湾第一大报《中国时报》的副刊与出版社编务，针对这个现象，遂策划了《中国历代经典宝库》这一大套书。精选影响人们最为深远的典籍，包括了六经及诸子、文艺各领域的经典，遍邀名家为之疏解，并附录原文以供参照，一时社会震动，风气丕变。

其所以震动社会，原因一是典籍选得精切。不蔓不枝，能体现传统文化的基本匡廓。二是体例确实。经典篇幅广狭不一、深浅悬隔，如《资治通鉴》那么庞大，《尚书》那么深奥，它们跟小说戏曲是截然不同的。如何在一套书里，用类似的体例来处理，很可以看出编辑人的功力。三是作者群涵盖了几乎全台湾的学术精英，群策群力，全面动员。这也是过去所没有的。四是编审严格。大部丛书，作者庞杂，集稿统稿就十分重要，否则便会出现良莠不齐之现象。这套书虽广征名家撰作，但在审定正讹、统一文字风格方面，确乎花了极大气力。再加上撰稿人都把这套书当成是写给自己子弟看的传家宝，写得特别矜慎，成绩当然非其他的书所能比。五是当时高信疆夫妇利用报社传播之便，将出版与报纸媒体做了最好、最彻底的结合，使得这套书成了家喻户晓、众所翘盼的文化甘霖，人人都想一沾法雨。六是当时出版采用豪华的小牛皮烫金装帧，精美大方，辅以雕花木柜。虽所费不赀，却是经济刚刚腾飞时一个中产家庭最好的文化陈设，书香家庭的想象，由此开始落实。许多家庭乃因买进这套书，仿佛种下了诗礼传家的根。

  高先生综理编务，辅佐实际的是周安托兄。两君都是诗人，且侠情肝胆照人。中华文化复起、国魂再振、民气方舒，则是他们的理想，因此编这套书，似乎就是一场织梦之旅，号称传承经典，实则意拟宏开未来。

  我很幸运，也曾参与到这一场歌唱青春的行列中，去贡献微末。先是与林明峪共同参与黄庆萱老师改写《西游记》的工作，继而再协助安托统稿，推敲是非，斟酌文辞。对整套书说不上有什么助益，自己倒是收获良多。

  书成之后，好评如潮，数十年来一再改版翻印，直到现在。经典常读常新，当时对经典的现代解读目前也仍未过时，依旧在散光发热，滋养民族新一代的灵魂。只不过光阴毕竟可畏，安托与信疆俱已逝去，来不及看到他们播下的种子继续发芽生长了。

  当年参与这套书的人很多，我仅是其中一员小将。聊述战场，回思天宝，所见不过如此，其实说不清楚它的实况。但这个小侧写，或许有助于今日阅读这套书的读者理解该书的价值与出版经纬，是为序。

致读者书

张健

亲爱的朋友：

中国人喜欢数字，有时以数字卜吉凶，有时用数字玩游戏，有时借数字布列历史事实和历史人物。比如："七星""八卦""三皇五帝""四维八德""春秋五霸""战国七雄""八王之乱""建安七子""竹林七贤""竟陵八友""醉中八仙""竹溪六逸""五虎将""前后七子""诗坛三李""词坛三李""一百零八将""十八罗汉""八大金刚""九流十家""五代十国"等。

唐宋八大家也是其中之一。可是比起"建安七子""前后七子"等，它有一点很特殊的地方，就是它所包含的八位文学家，实际上是跨越两个朝代——唐代和宋代的，中间还隔了一个五代。其中最早的一位是韩愈，生于公元768年，最晚的一位是苏辙，死于公元1112年，相距三个多世纪。这样的"组合"可说是空前绝后的了，他们共同创造了唐宋文学史上最辉煌的一页。

这八位大家当中，韩愈、柳宗元、欧阳修、王安石、苏轼和苏辙，都是能诗能文、多才多艺的高手，欧阳修和苏轼的词也写得很出色。苏洵、曾巩写的诗较少，这不是他们所擅长的。

韩愈

韩愈是唐宋八大家中的领衔大师，以名声而论，八大家里大概只有宋代的苏轼可以和他媲美（王安石加上他的政治上的成就，也可以和他比肩）

他的为人，有几点可以陈述：
一、做事认真。
二、一心为国为民效劳。
三、喜欢提拔奖掖后辈。
四、个性耿直、敢说话、敢直谏。

他的文章也有几个特色：
一、气势磅礴，有一往无前之概。
二、条理清晰，结构谨严。
三、变化多端，体裁多样化。
四、平中有奇，亦有奇中见平者。
五、雄峻高明，不作俗调。
六、能大能小，长文二三千字，短文数十字，各自成一格调。

他的诗歌也是古今公认的大家之作，富有独创性，而且喜欢采用散文的句法，题材也很广泛，已经开启宋诗的风格和作法。

柳宗元

柳宗元是和韩愈同时提倡古文运动的大家，他的主要文学主张是"文以明道"，和韩愈"文以载道"大同小异，相映成趣。

柳宗元的为人大致是这样的：
一、为人耿直，富有正义感。
二、做事认真，一心为国为民。
三、爱好大自然，喜欢游山玩水并形诸笔墨，继郦道元后开辟中国山水小品一路。

他的散文则有以下几个特色：
一、"雄深雅健"：这是韩愈对他的赞词。雄是雄浑，深是深刻，雅是优雅，健是豪健。老实说，写文章能写到这四字兼备，是很不容易的，司马迁、韩愈也能做到。
二、擅长游记、寓言和人物写照。
三、游记细腻而丰富、精彩美妙，偶尔运用曲笔，包蕴若干言外之意。
四、寓言和人物描写妙趣横生。

欧阳修

欧阳修是北宋文坛的领袖,唐宋八大家中宋代占了六人,除欧阳修本人外,其他五人都曾受到他的提拔、栽培和鼓励。

欧阳修的个性是这样的:
一、为人方正平稳。
二、有正义感,敢直言。
三、心胸开阔,能容人、能恕人。待人随和亲切。
四、浪漫潇洒,也爱游山玩水。

他的文章有以下几个特色:
一、自由挥洒,自成格局。
二、以婉约为本色,偶有豪迈之气贯穿其间。
三、直抒胸臆,很少说教。
四、有时写一篇文章,完成后还不断修改。

王安石

王安石是一代文豪,也是一代名相。他的政治家地位,在近代不断升高,梁启超更誉之为中国六大政治家之一,他在文学史上的地位则始终坚确不移。

王安石的为人是这样的：

一、个性倔强，从不服输。

二、聪明过人，勤奋亦过人。

三、喜欢疑古变古。

他的文章，有以下三个特色：

一、简洁清晰。

二、内容厚实，不发虚语。

三、时有孤峭的特色，读之如面对悬崖绝壁，令人肃然耸然。

他的诗也很精彩，晚年尤其成熟，深沉委婉，常有深刻的言外之意。

苏洵

苏洵是所谓"三苏"中的老苏，二十七岁才开始用功读书，精心研究古今典籍，为文老成，是大器晚成的一大典型人物。苏洵的个性大致是这样的：

一、认真执着。

二、疾恶如仇。

三、一下定决心，便全力以赴。

四、进退有道，有分寸。

他的文章有以下几个特色:

一、非常刚强有力,受《战国策》和《史记》的影响最大。

二、很讲究方法和结构,十分谨严。

三、有笔力,有主见。

四、偶出洒脱之笔,和欧阳修的温婉文字形成一个有趣的对比。

五、议论文尤其杰出,他的代表作都是讨论历史和当代政治、军事的。

曾巩

曾巩是欧阳修的入室弟子,他跟王安石是老朋友,但对王安石的批评也很中肯,说安石的缺点是"吝啬"——吝于改过。

曾巩的为人是这样的:

一、正直不阿。

二、认真踏实而平易近人。

三、富于批判力,不徇私情。

四、孝顺父母,友爱兄弟,对朋友讲道义、重信用。

他的古文有五个特色:

一、善于说理,鞭辟人心。

二、文字精警踏实。

三、结构谨严，往往无懈可击。
四、气势壮盛，仅次于韩、苏。
五、简洁不赘，含蓄不夸。

苏轼

苏轼是宋代首屈一指的文学大师，不论古文、诗、赋、词各种文体，他都非常擅长，佳作迭出，灵感如泉如潮。

他的为人是这样的：
一、胸襟阔大，无所不容。
二、气度宽容，生性潇洒脱俗。
三、能摆脱世俗，不为得失所困扰。
四、爱好大自然，酷喜游山玩水。
五、爱国爱民。

他的文章有以下的特点：
一、豪放旷达。
二、自有法度：行所当行，止所当止。
三、波澜起伏，变化莫测，读来爽神。
四、文中议论精彩独特，往往发人之所未尝发。
五、兼受《庄子》《战国策》的影响。

他的诗有四千多首，居北宋之首，题材宽、才气富。他的词更为深刻隽永。

苏辙

苏辙是苏洵的三子，苏轼的弟弟。他和东坡的兄弟之情，常人难以比匹。

苏辙的为人，有以下三个特色：
一、为人诚恳谨慎，如果说苏轼是Ｂ型（指血型）人，苏辙很可能是Ａ型人。
二、有骨气，颇有正义感。
三、有主见，但也不难沟通。

苏辙的文章有以下四个特色：
一、气势高妙，不同凡响。
二、阴柔中含有阳刚之气。
三、议论温和而中肯。
四、受《论语》《孟子》、韩愈古文的影响颇大。

目录

第一章　韩愈文选

原道 /005

送董邵南序 /019

杂说四 /023

祭十二郎文 /026

第二章　柳宗元文选

箕子碑 /041

种树郭橐驼传 /046

始得西山宴游记 /052

钴鉧潭记 /057

钴鉧潭西小丘记 /060

第三章　欧阳修文选

纵囚论 /072

相州昼锦堂记 /077

醉翁亭记 /083

泷冈阡表 /088

目录

第四章　苏洵文选
管仲论 /102

辨奸论 /109

心术 /115

第五章　曾巩文选
寄欧阳舍人书 /129

赠黎、安二生序 /135

墨池记 /139

第六章　王安石文选
读《孟尝君传》/152

伤仲永 /154

《同学》一首别子固 /157

游褒禅山记 /160

第七章　苏轼文选
留侯论 /176

喜雨亭记 /183

目录

前赤壁赋 /187

记承天寺夜游 /193

记游定惠院 /197

方山子传 /202

第八章　苏辙文选

六国论 /215

上枢密韩太尉书 /220

黄州快哉亭记 /225

第一章 韩愈文选

第一章 韩愈文选

韩愈生于唐代宗大历三年（768），是唐宋八大家中的第一位，他的影响力也是八个人里最大的一位。根据宋朝大学者朱熹的说法，他是河南南阳人（旧说是河南修武县人）。因为他的祖先从后魏开始就住在昌黎（今河北省昌黎县），所以世称韩昌黎。

韩愈的祖父、父亲都做过官，不幸的是在他三岁的时候，父亲便去世了，他的母亲可能改嫁了，韩愈由大哥韩会和大嫂郑氏教养成人。

韩愈从小读书用功，既博又精，唐德宗贞元八年（792），他考中了进士。因为胸怀大志，他一再地向宰相上书，希望能被重用，但是都没有什么结果。

一直到贞元十二年（796），他才获得前宰相董晋的赏识，保荐他做汴州（现在的河南开封市）观察推官，此后他还做过四门博士、监察御史等。

但是韩愈年轻气盛，直言无隐，上书陈述宫市（宫中太监们做买卖的市场）的流弊，又请求宽减老百姓的赋税，免缴田租，检举大官豪吏的不法行为等，不但触犯了当权的人，也使皇帝很不高兴，于是把他贬做山阳令（现在的河南修武县西北），尽管降了级，韩愈还是努力地工作，为老百姓做了许多事。

后来又升迁到考功郎中，因为才高气盛，遭人妒忌，再贬为国子博士，他就在这个时候写了一篇《进学解》，引圣贤也有不得意时的事实来比喻自己。唐宪宗读了，不久就升了他的官，一直做到中书舍人、知制诰。

宪宗元和十二年（817），韩愈正好五十岁，他奉命跟随宰相裴度去讨伐淮西节度使吴元义，并宣慰淮西一带军民。他的官衔是行军司马，他的见解和口才使他立下了大功，安抚了地方百姓，因而擢升刑部侍郎。

元和十四年(819),宪宗决定派人到陕西凤翔去迎接佛骨入宫供奉,使佛教的势力更加扩张。韩愈觉得这不是什么好现象,就向皇帝上了一道《谏迎佛骨表》。皇帝大怒,差点把他处死,最后总算免他一死,贬他做潮州刺史。

潮州(现在广东潮州市潮安区)在当时是一个很偏僻落后的地方,一般人民的知识浅陋,识字的很少。韩愈特地亲自编写《三字经》来教百姓(这种《三字经》早已失传,不是后来私塾里教念的《三字经》)。他对地方政务上各方面的问题,都尽力改善或解决。

不到一年,他又被政府调到袁州(现在的江西宜春市)做刺史。他在那儿深入民间访问,了解民生疾苦,革除了不少坏风气,譬如取消因为积欠官府钱粮而抵押儿女为奴隶的陋规,使百姓生活都能安和乐利。终于他因政绩良好而调升回京,担任国子祭酒。

后来他又做过兵部侍郎、吏部侍郎和御史大夫兼京兆尹。尤其最后的一个官职,使他发挥了敢作敢当的精神,把京都长安治理得井井有条,奸商贪官几乎完全敛迹了。

韩愈在世的时候,一方面因为他做的官很高,另一方面由于他喜欢提拔后进的文人、诗人,俨然成为文坛的领袖。加上他有自己的文学主张,古文和诗又写得很杰出,所以在文学史上地位非常崇高,苏东坡说他"文起八代之衰",真可说是当之无愧。

韩愈身体一向不好(他在《祭十二郎文》中说:"吾年未四十,而视茫茫,而发苍苍,而齿牙动摇。")。唐穆宗长庆四年(824),韩愈病逝,享年五十七岁,获赠礼部尚书,谥为"文"。

故称"韩文公"。元丰元年(1078),加封昌黎伯,并从祀孔庙,著有《昌黎先生集》四十卷。

原道

博爱之①谓仁,行而宜之之谓义,由是而之焉之谓道②,足乎己无待于外之谓德③。仁与义为定名,道与德为虚位④,故道有君子小人⑤,而德有凶有吉⑥。老子之小仁义⑦,非毁之也,其见者小也。坐井而观天,曰天小者,非天小也。彼以煦煦⑧为仁,孑孑⑨为义,其小之也则宜。其所谓道,道其所道,非吾所谓道也;其所谓德,德其所德,非吾所谓德也。

---

① 之:则。
② 道:各家所说的"道"不同,此处显然指儒家的道而言。一种道理,一种做人处世的基本原则。《论语·学而》:"君子务本,本立而道生。"
③ 德:德行,一种修养。《周礼·地官·师氏》郑玄注:"在心为德,施之为行。"可见德是指内在的修养。
④ 定名:有一定内涵的名称。虚位:可能是有不同内涵的名词。因为道家、佛家等所说的"道""德"跟儒家不同,而且"德"有"三达德""八德"等名称,换句话说:智是一德,仁是一德,劳也是一德,依此类推,可见德不是定名。
⑤ 君子:有修养的好人、正人。小人:品行坏的人,或心思不正的人。儒家常用这两个对立的名词讨论人的各种问题。
⑥ 吉、凶:《左传》上以孝敬忠信为"吉德",盗贼藏奸为"凶德"。
⑦ 老子之小仁义:老子有"太上,不知有之;其次,亲而誉之;其次,畏之;其次,侮之""大道废,有仁义;智慧出,有大伪……绝圣弃智,民利百倍;绝仁弃义,民复孝慈"。老子认为仁义是不好的东西,会使世界大乱。这当然是一种偏激的主张。
⑧ 煦煦:小惠,小爱。
⑨ 孑孑:短小,狭窄。

凡吾所谓道德云者，合仁与义言之也，天下之公言也。老子之所谓道德云者，去仁与义言之也，一人之私言也。

周道衰，孔子没①，火于秦②，黄老于汉③，佛于晋、魏、梁、隋之间④。其言道德仁义者，不入于杨⑤，则入于墨⑥，不入于老，则入于佛。入于彼，必出于此。入者主之，出者奴之。入者附之，出者污之。噫！后之人其欲闻仁义道德之说，孰从而听之？老者曰："孔子，吾师之弟子也。"⑦佛者曰："孔子，吾师之弟子也。"⑧为孔子者，习闻其说，乐其诞而自小也，亦曰"吾师亦尝师之"云尔。⑨不惟举之于其口，而又笔之于其书。噫！后之人虽欲闻仁义道德之说，

---

① 没：通"殁"，死。

② 火于秦：秦始皇三十四年（前213），皇帝下令烧毁民间所有诗、书、百家的书籍。

③ 黄老于汉：汉景帝的时候，窦太后喜爱道家的言论，她的儿子汉景帝和窦家的人都必须读老子，而且推崇老子的思想。因为道家尊崇黄帝，标榜黄帝，所以称道家的学说为黄老之学。相对地，儒家的学问就被排斥，受轻视。

④ 佛于晋、魏、梁、隋之间：三国的魏国有位朱士行，曾到西域的于阗国，取了九十章佛经回国，到晋朝元康年间翻译成中文。晋朝其他翻译佛经的人更多。南北朝的梁武帝也信佛教，曾总集佛经五千四百卷。隋朝文帝开皇元年（581），曾营造佛像，印行佛经，天下老百姓纷纷信佛。

⑤ 杨：指杨朱，是一位道家的思想家，主张"为我"，哪怕拔自己的一根毛有利于天下也不肯。

⑥ 墨：墨子，名翟，是墨家的领袖，主张兼爱、和平。但是孟子批评他，说他"无父"，因为他曾主张把别人的父亲看作自己的父亲，这样似乎就显不出人子的高度孝心了。

⑦ 孔子，吾师之弟子也：根据《庄子·天运》"孔子行年五十有（又）一而不闻道，乃南之沛见老聃"的说法，便认定孔子是老子的学生。

⑧ 佛者曰："孔子，吾师之弟子也。"佛家的经典中说如来佛派遣三个弟子来教化中国：孔子原来叫儒童菩萨，颜回原来叫光净菩萨，老子原来叫摩诃迦叶。

⑨ 吾师亦尝师之：因为《孔子家语·观周》里也有孔子称赞老子博古通今、自己跟南宫敬叔一起去向老子问礼的记载。云尔：如此。

第一章　韩愈文选

其孰从而求之？甚矣！人之好怪也！不求其端①，不讯②其末，惟怪之欲闻。古之为民者四，今之为民者六。古之教者处其一，今之教者处③其三。农之家一，而食粟之家六；工之家一，而用器之家六；贾之家一，而资④焉之家六；奈之何民不穷且盗也！

古之时，人之害多矣。有圣人者立，然后教之以相生相养之道，为之君，为之师。驱其虫蛇禽兽，而处之中土。寒，然后为之衣；饥，然后为之食；木处而颠⑤，土处而病也，然后为之宫室⑥。为之工，以赡⑦其器用；为力之贾⑧，以通其有无；为之医药，以济其夭⑨死；为之葬埋祭祀，以长其恩爱；为之礼，以次其先后；为之乐⑩，以宣其湮郁⑪；为之政，以率其怠倦⑫；为之刑，以锄其强梗⑬。相欺也，为之符⑭、

---

① 端：根本。
② 讯：问，探究。
③ 处：居。
④ 资：取用，消费。
⑤ 颠：不安，容易由树上跌落。
⑥ 宫室：二字意思相通，指房屋。《尔雅》："宫谓之室，室谓之宫。"
⑦ 赡：使……富有、充足。
⑧ 贾：古代称定居开店的商人为贾，不过后来的用法已跟"商"字相混。
⑨ 夭：短折，短命。一般称二十岁以下就死掉的叫夭，不过也有人称三十以下，甚至四十以下死亡的叫夭。
⑩ "为之礼"三句：《礼记·乐记》有"五帝殊时，不相沿乐；三王异世，不相袭礼"。指不同的时代有不同的礼和乐。
⑪ 湮郁：情绪郁积着不能发泄。宣就是发泄。
⑫ 倦：疲倦。
⑬ 梗：顽，猛。
⑭ 符：用竹子做的一块东西，把文字写在上面，平分为二，两方面各拿一半，有事的时候各自取出对照，以表示信实，防止诈骗。往往用于作战时派遣使节传令等。

玺①、斗斛②、权衡以信之；相夺也，为之城郭甲兵以守之。害至而为之备，患生而为之防。今其言曰："圣人不死，大盗不止。剖斗折衡，而民不争③。"呜呼！其亦不思而已矣！如古之无圣人，人之类灭久矣。何也？无羽毛鳞介以居寒热也，无爪牙以争食也。是故君者，出令者也；臣者，行君之令而致之民者也；民者，出粟米麻丝，作器皿，通货财，以事其上者也④。君不出令，则失其所以为君；臣不行君之令而致之民，则失其所以为臣；民不出粟米麻丝，作器皿，通货财以事其上，则诛⑤。今其法曰："必弃而⑥君臣，去而父子，禁而相生相养之道。"以求其所谓清净⑦寂灭⑧者。"呜呼！其亦幸而出于三代之后，不见黜⑨于禹、汤、文、武、周公、孔子也。其亦不幸而不出于三代之前，不见正宁禹、汤、文、武、周公、孔子也。帝之与王，其号各殊⑩，其所以为圣一也。夏葛而冬裘，渴饮而饥食，其事虽殊，其所以为智一也。今其言曰："曷不为太古之无事？"是亦责冬之裘者曰："曷

---

① 玺：帝王的玉印。秦代以前泛指一切印章。
② 斛：盛五斗的容器。古代指十斗的容器。
③ "圣人不死"四句：原出于《庄子·胠箧》，代表和老子一致的道家思想。
④ 以事其上者也：《孟子·滕文公上》有"治于人者食人"。古代人民有奉养君长的义务，这跟现在的人民有纳税的义务多少有点类似。
⑤ 诛：责罚。
⑥ 而：通"尔"，你的，你们的。
⑦ 清净：也作"清静"，指不烦扰，或远离罪恶。
⑧ 寂灭：是梵文"涅槃"的义译，因为本体寂静，远离一切生死、荣辱得失，所以叫"寂灭"。这是佛家最高的境界。
⑨ 黜：贬斥，降职或免职。
⑩ 其号各殊：他们的名称不一样。《白虎通义·号》："帝王者何？号也。……德合天地者称帝，仁义合者称王。"本来的意思似乎是帝高于王，但韩愈在本文中却有意把二者不分高下。

第一章 韩愈文选

不为葛之之易也?"责饥之食者曰:"曷不为饮之之易也?"传曰:"古之欲明明德于天下者,先治其国;欲治其国者,先齐其家;欲齐其家者,先修其身;欲修其身者,先正其心;欲正其心者,先诚其意。"① 然则古之所谓正心而诚意者,将以有为也。今也欲治其心,而外天下国家,灭其天常②,子焉而不父其父,臣焉而不君其君,民焉而不事其事。孔子之作《春秋》也,诸侯用夷礼,则夷之③;进于中国,则中国之④。《经》曰:"夷狄之有君,不如诸夏之亡!"⑤《诗》曰:"戎狄是膺,荆舒是惩。"⑥ 今也举夷狄之法,而加之先王之教之上,几何其不胥⑦而为夷也?

夫所谓先王之教者,何也?博爱之为仁,行而宜之之谓义,由是而之焉之谓道,足乎己无待于外之谓德。其文,《诗》《书》《易》《春秋》;其法,礼乐、刑、政;其民,士、农、工、贾;其位,君臣、父子、师友、宾主、昆弟、夫妇;其服,麻丝;其居,宫室;其食,粟米、果蔬、鱼肉。其为道

---

① "古之欲明明德于天下者"一段:见《礼记·大学》。《大学》现在已独立成四书之一。
② 天常:就是天伦。
③ "孔子之作《春秋》也"二句:春秋时晋国讨伐同姓的鲜虞,《穀梁传》便认为《春秋》一书的记载是把晋国当作夷狄看待。晋国本来是中原的国家,但是不守伦常的道理,所以说他们是"用夷礼"。
④ 进于中国则中国之:春秋时楚国仰慕中原文化,来修聘礼,所以《公羊传》认为《春秋》的记载是把楚国当作中原的国家。
⑤ 夷狄之有君,不如诸夏之亡:这句话出于《论语·八佾》。譬如楚国、吴国,虽然一再做中原各国的盟主,但本性的强横非礼,始终没有改变,所以还不如中原的国家没有了国君,仍能大致保持古代的政教风俗。
⑥ 膺:攻击;惩:惩罚、制止。舒是楚的盟国。
⑦ 胥:沦落。

易明,而其为教易行也。是故以之为己,则顺而祥;以之为人,则爱而公;以之为心,则和而平;以之为天下国家,无所处而不当。是故生则得其情,死则尽其常,郊①焉而天神假(gé)②,庙③焉而人鬼飨。曰:"斯道也,何道也?"曰:"斯吾所谓道也,非向④所谓老与佛之道也。尧以是传之舜,舜以是传之禹,禹以是传之汤,汤以是传之文、武、周公,文、武、周公传之孔子,孔子传之孟轲;轲之死,不得其传焉。荀与扬⑤,择焉而不精,语焉而不详。由周公而上,上而为君,故其事行;由周公而下,下而为臣,故其说长⑥。然则如之何而可也?曰:"不塞不流,不止不行。人其人,火其书,庐其居,明先王之道以道(dǎo)⑦之。鳏寡孤独废疾者有养也。其亦庶乎其可也!"

【译述】

博爱叫作"仁",做事合情合理叫作"义",一切都照这两个字去做叫作"道",自己能满足自己,不须依赖别人叫作"德"。仁和义是确定的名称,道和德是意义不确定的名词。所以讲道理

---

① 郊:古代冬至日天子祭天。
② 假:至,来享受。
③ 庙:祭祀祖先。
④ 向:一向,平常。
⑤ 荀:荀子,名况,时人尊称为荀卿,战国楚人,儒家大思想家之一,主张性恶、效法后王、重视礼乐教化。扬:扬雄,字子云,汉代儒家学者,著有《法言》《太玄》等书。
⑥ 其说长:把思想和理想寄托于著作中。
⑦ 道:通"导",引导,教导。

第一章 韩愈文选

便有君子、小人的分别，讲德行便有美德、恶德的不同。老子瞧不起仁义，不是有意毁谤它，是因为他的见识太浅。譬如有人坐在井里看天空，对人说："天好小啊。"谁都明白这并不是真的天小，是他的视野太窄小了。老子认为施小惠就是"仁"，斤斤计较的行为就是"义"，怪不得他会看不起仁义了。他所说的"道"，只是他自己想的一套，说什么"道可道，非常道"（认为"道"是不可以说的），不是我们儒家所主张的"道"。他所说的"德"，也是很偏颇的，说什么"上德不德，是以有德"（认为有德行的人要无为），不是我们所提倡的"德"。我们所说的道德，是配合仁义来说的，正是天下的公论。老子所说的道德，却是离开了仁义来讲的，是他自己一个人的意见。

周朝衰弱，孔子死了以后，有秦始皇焚书坑儒的事发生，后来西汉又提倡黄老道家的思想，魏、晋、梁、隋那一段时间里，则有佛教盛行。他们所讲的仁义道德，不是杨朱的那一套，就是墨翟的那一套；不是老子的一套，就是佛家的一套。既然相信了他们的学说，当然就排斥我们儒家的圣贤之道。于是他们把杨墨佛老当作主人，而把儒家当作卑下的奴才；凡是信仰杨墨佛老的就是好的，不信的就污辱他。唉！后世的人，如果要想听听仁义道德的学说，到底该听谁说的呢？老子的信徒说："孔子是我们老师老子的学生。"佛教徒又说："孔子是我们老师佛陀的学生。"甚至于孔子的徒子徒孙听惯了这一类的话，也接受了他们荒唐的意见而看轻自己的老师了，跟别人说："我们的老师是曾经请教过他（老子）啊。"不只是嘴里说说，还记载在书本里。唉，这种情形真是太严重了，后世的人哪怕真喜欢听仁义道德的学说，又该向谁去请教呢？

唐宋八大家：大块文章

世人真是喜欢怪诞的学说啊！不肯去探究根本，也不问事情的细节，只愿意听信怪诞的学说。古代有士、农、工、商四种人，现在加了和尚、道士两种，变成六种人了；古时候只有儒家一种思想，现在有儒、道、佛三种不同的思想了。农夫只占六种人中的一种，而大家都要吃饭；工人只占六种人当中的一种，而大家都要用他们造的器具；商人只占六种人当中的一种，而大家都要买货物——老百姓怎么会不穷呢？一穷，就难免有人会变成强盗小偷了。

古时候，自然界有很多伤害人的东西，等到圣人出现了以后，就教人民各种生活的方法，做他们的领袖，也做他们的老师，为他们驱逐虫、蛇、禽兽，带他们迁移到中原环境比较好的地方。冷了就教他们制造衣服，饿了就教他们种庄稼做东西吃；住在树上，怕他们掉下来，住在地洞里，怕他们因为潮湿而生病，就教他们建筑房屋；发明工具，使他们什么器具都不缺；提倡商业，使他们能流通有无；发明医药，使他们不至于短命而死；为他们制定丧葬祭祀的礼仪，来增长人与人之间恩爱的感情；为他们订定礼节，以便安排老幼尊卑的秩序；为他们制定音乐，来宣泄心中的忧郁；为他们修明政治，使他们不致懈怠懒散；为他们规定刑罚，来消除强暴的人。怕他们彼此欺骗，就创造了竹符、印章、升斗、秤尺，帮助大家守信用；怕他们彼此争夺，便替他们建造城郭盔甲武器，以便大家防守自卫。总之，有什么灾害，就为他们设法防备；祸患将要发生，就及早预防。哪知道老子偏偏要闭着一只眼睛说："圣人不死的话，大强盗也不会消灭的；把升斗、尺秤都毁坏掉，老百姓就不会你争我夺了。"唉！老子说这些话，显然是没有好好思考过啊！要是古时候没有圣人的话，我们人类

第一章　韩愈文选

恐怕早就给消灭了。为什么呢？因为人不像鸟有羽毛，鱼有鱼鳞，乌龟、穿山甲有硬壳，可以适应很冷或很热的天气，又不像许多禽兽那样，有利爪尖牙可以争夺食物。要不是圣人教导有方，怎么能生存呢？所谓圣人，就是古代的君王。所以君王是天生发号施令的；臣子则推行君王的命令到老百姓身上，老百姓呢，是种米种粟种麻种丝，制造器具，贩卖货物，来供奉君王官吏的。这是一种社会的分工合作。君王如果不恰如其分地发号施令，统筹全局，就没有尽到他的责任；臣子如果不能执行君王的命令，宣导民众，也是没有尽他的本分；老百姓不种粟米麻丝，不制造器具，也不贩卖货物流通有无，就应该受到惩罚。现在试看他们道家、佛家怎么教人的。他们说："一定要把你们君臣、父子的关系都消除掉，不许再种田做工做买卖，要追求清净、寂灭的境界。"唉！幸亏他们生得晚，没有生在夏、商、周三代，才不至于被禹、汤、文王、武王、周公、孔子所责备、排斥；也可以说他们不幸生得太晚，没有禹、汤、文王、武王、周公、孔子这些圣人来规劝他们，纠正他们。帝和王，称呼虽然不一样，大致说来，没有什么大不同，他们都是"圣人"。夏天穿葛布的衣服，冬天穿裘衣，口渴了喝水，肚子饿了吃饭，事情虽不一样，都可说是智慧和理智的表现。现在试看道家说的："为什么大家不像上古时代一样，什么事要做，一切任其自然呢？"这岂不是等于责备冬天穿裘衣的人说："为什么你不穿简便的葛衣呢？"或者责备肚子饿了要吃饭的人说："为什么你不省点事只喝水呢？"《大学》上说："古代要想发扬美德于全天下的人，一定先把他的国家治理好；要想把他的国家治理好的人，一定先把他自己的家治理好；要想治理好他的家的人，一定先把自己修养好；要想修养好自己，一定先使自己光明正大；要想使自己心中光明正大的人，一定先使自己每一个念头都很诚恳真挚。"由这段话看来，古时候的人要使自己的心意诚恳正大，都是想进一步对国家、天下有所作为，有所贡献。现在道家、佛家的人，要想修养自己的身心，却主张不要国家，不管天下，甚至绝灭伦常，做儿子的不把父亲当父亲，做臣子的不把国君当国君，做老百姓的不做自己分内的工作！当年孔夫子写《春秋》这本书，凡是中原的诸侯言行像夷狄，就把他们当作夷狄看待，反过来说，夷狄的国家归向中国，就把他们当作中国人。《论语》上说："夷狄的国家即使有君王，还不如中原的国家没有君王而能保持中原的文化呢。"《诗经》上说："戎狄应该攻击，楚舒应该惩罚。"正因为他们是野蛮的国家。现在要是照道家、佛家的主张去做，岂不等于用夷狄的方法代替先王的教化吗？那岂不是要使我们中国沦落成夷狄了吗？

我们所说的"先王的教化"是什么？就是博爱——仁，做事合情合理——义，凡事遵照仁义而行——道，自己能满足自己，不须依赖别人——德。表现在文字上的，就是《诗经》《尚书》《易经》《春秋》等；表现在实际作法上的，就是礼、乐、刑法、政治；人民包括士、农、工、商；伦常关系包括君臣、父子、师友、宾主、兄弟、夫妻；衣服有麻织品和丝织品；住的是宫室；吃的是粟、米、水果、蔬菜、鱼、肉；他的道理容易明白，他的教化容易施行。以这种道理自处，一切都会顺利而美好；以这种道理待人，就会友爱而公正；心里存着这种道理，就会心平气和；拿来治理国家和天下，就处处恰当而成功。所以活着的人能情感正常而安稳，死人也能得到很好的归宿；祭天，天神自然会来享受；祭先王或祖先呢，人鬼一起享用。请问：这个是什么道理啊？我可以这样

第一章　韩愈文选

回答：这就是我们儒家所主张的道理，跟道家、佛家的道理大不相同。唐尧拿这个道理传授给虞舜，虞舜又把它传授给夏禹，夏禹传授给商汤，商汤传授给周文王、周武王、周公，文王、武王、周公传授给孔子，孔子又传给孟子；孟子死了以后，就没人可传了。荀子和扬雄，选择道理不够精辟，言论也不够详明，不配传孔孟之道。从周公往上推，那几位圣人都是君主，所以能顺利实施他们的道理；由周公往下传，那两位圣人都是臣子，所以主要在发扬思想，教育世人。说到头来，我们这些后代的人应该怎么做才对呢？我的主张是：如果不禁止佛、老的道理，它们是不会消灭的；如果不努力提倡圣人的道理，它也不容易大大施行。我们应该让和尚道士还俗，烧掉他们的经书，把寺庙道观改建为民房；发扬先王的道理，来教导他们，使鳏夫寡妇孤独残疾的人都生活安定，精神愉快，这样就天下太平了。

【赏析】

　　天下万事万物的道理，从每个不同的角度看，都会有一种答案：答案愈多，愈使人怀疑什么才是"绝对的真理"。如果每个有不同意见的人，都能够和睦相处，互相尊重，那当然是最理想不过的事了，可惜实际上往往不是这样的，因此人世间便有许多大大小小的争论。争论的范围从鸡毛蒜皮的身边小事，到宇宙人生的大道理，可说无所不包。其中最值得大家注意的，当然是关于人生的大道理。

　　本文的题目叫《原道》，"原"就是把某一桩事情或某一种道理原原本本地加以说明、分析，这可以说是古人作文的一种特殊文体,有点近乎"论",也是一种论说文,"道",在这儿是指儒家所主张、提倡的圣贤之道——也就是仁义。

全文的作法是由仁义的定义说起,进而反驳道家、佛家所宣扬的道理,用比较的方法,反复讨论,最后提出一个作者认为最完整的结论。

韩愈的文章,条理既清楚,变化又丰富,往往波澜起伏不已,使读者不但被吸引,而且深受感动。本文虽然是一篇很严肃的说理文章,由于作者的写作技巧和文字气势,它读起来有声有色,不会觉得枯燥乏味。

第一段解释仁义道德的定义,接着就指出儒家之道和老子所说的道不同的地方。这是全篇文章的重心。开头四句一贯排列,气势雄伟,等于为全篇奠定了很扎实的基础。最后两大句则用对比的排句,强劲有力,但又不流于浮躁。

第二段又可分四小节。第一节到"孰从而听之?"为止,分析儒家之道衰落的第一个原因,那是由于孔子死后,各种别家的学说依靠政治的力量而得以流行,喧宾夺主。第二节到"其孰从而求之?"为止,是说即使儒家的学者本身,也往往妄自菲薄,认为孔子是老子的学生,儒家未必比别家高明,这是儒家思想衰落的第二个原因,跟第一节彼此呼应,好像两座并立的山峰。第三小节只有五句,探究儒家学说不振兴的根本原因,是因为人们都喜欢求怪,不喜欢平平正正的道理,无形间助长了佛家、道家的声势。第四小节总结本段,说因为佛、道盛行,"四民"变成了"六民",吃饭的人多,生产和做事的人少,这是天下的大危机。到了这儿,整座山脉都显现出来了。在第三、第四节之间,乍看好像连不起来,细看就知道,中间有密切的因果关系。第四节尤其参差变化，使人有眼花缭乱的感觉，可是条理还是很清晰。

第三段紧接着上段第四节，紧紧地扣住一个"民"字（有时用"人"），使读者了解：作者力倡儒家之道，并不是出于主观的偏爱，而是为整个的国计民生着想。全段的作法是用两组对比交错配合而成：一组是儒家对道家、佛家，一组是古对今。一正一反，反复变化。

本段又可分四小节。第一节到"无爪牙以争食也"为止，畅述古代圣人教导人民如何生活的事，这正是合乎仁义的行为。反过来说，道家的主张却是反文明的，不足以维持人民的生存。尤其最后五句话，更强而有力地点出了本段的主旨。在句法方面，这一段也变化很多：由"然后教之……为之……为之……"起，下接三个"然后为之"，这是一散一整的变化；下面又用"为之……以……"的句法八次，文气始终不衰，是一种集腋成裘式的作法，又是一变；接着两次用"相……也……为之……"的句法，又显得活泼些；"害至而为之备，患生而为之防"，则是富有凝聚力的句子。"为之"两字，一共出现了十七次，但始终充满力量，丝毫不觉重复。这正是韩愈高明的地方。

第二节先论君、臣、人民各有职分，分工合作，社会才会上轨道；否则，如果像佛家、道家（重点在佛家）那样的主张，恐怕生存都会有问题。这一节又分五个层次：第一层说儒家的正规作法，第二层说相反的情况，第三层说佛家、道家的主张，第四层说三代的圣人已不在，不致贬斥他们的怪说，第五层更进一步，慨叹三代的圣人不能规正他们。第四层里用"其亦幸而"其实是为下一层的"其亦不幸而"设势，使文章更有力量。

第三小节到"曷不为饮之之易也"为止，先说"帝""王"

名异实同，就像夏葛冬裘、渴饮饥食事殊智一，这是以前文陪衬后文。巧妙的是：上接"禹、汤、文、武……"一句，使得文章的转折显得天衣无缝。这两个比喻是关系着人类最基本的需要——衣、食，因此格外有力。这一节虽短，也有三个转折。

第四节诉诸权威—《大学》上的一段话以及《论语》《诗经》上的话，来驳斥佛家、道家的主张，严格说来，说服力反不如前面几节。

第四段由上段末"先王之教"接榫，又响应第一段的主题。由此可看出韩愈古文结构的严密。第一节到"而其为教易行也"为止，中间用了"其×；"的句法七次，因为整中有散，倒也不觉呆板；内容兼顾物质和精神，结论两句，又简洁而干脆。第二节到"庙焉而人鬼飨"为止，讲儒家之道的实际效果，也很周到，用了三种不同的句法，气势极壮。第三节到"故其说长"为止，语气又和缓一点，把儒家的"道统"说明了一下。第四节是总结全文：用了两个四字句，三个三字句，然后以三个较长的句子压阵，效果很好，给读者的印象极深。

这篇文章，像王守仁、归有光、刘大櫆（kuí）等，都非常称许，有的说他"立言正大，发先儒所未发"，有的说他"一正一反，错综震荡，翻出许多议论波澜"，有的说他"如长江大河，浑灏（hào）（浩浩荡荡的意思）流转"，的确是一篇作法、气势、内容都很出色的作品，因而，《原道》一文在儒学发展史上确是一篇不可忽视的重要文章。

送董邵南①序

燕赵②古称多感慨③悲歌之士④。董生举进士,连不得志于有司⑤,怀⑥抱利器⑦,郁郁⑧适⑨兹土,吾知其必有合也。董生勉乎哉!

夫以子之不遇时,苟⑩慕义⑪强(qiǎng)⑫仁者,皆爱惜焉;矧(shěn)⑬燕赵之士,出乎其性者哉!

然吾尝闻风俗与化移易,吾恶知其今不异于古所云邪?聊以吾子之行⑭卜⑮之也。董生勉乎哉!

---

① 董邵南:寿州安丰(现在的安徽省寿县西南)人。考进士屡次不中,当时河北的藩镇往往自己选用读书人做官,所以他便决定去那儿求发展。韩愈有一首诗《嗟哉董生行》,也是为他写的,大约是唐德宗贞元十八年(802)所作。
② 燕赵:现在的河北省南部及山西省北部。
③ 感慨:感动激愤。
④ 悲歌:表示悲壮的情感。士:读书人,有志向、有理想的人。
⑤ 有司:官员,这里指考官。
⑥ 怀:藏着。
⑦ 利器:锋利的刀剑之类,比喻杰出的才能。
⑧ 郁郁:忧愁,郁闷。
⑨ 适:往,到……去。
⑩ 苟:只要是。
⑪ 慕义:爱慕道义。
⑫ 强:努力的意思。强仁,努力行仁,立志做好人。
⑬ 矧:何况。
⑭ 行:去,远行。
⑮ 卜:卜卦,预测,预言。

吾因子有所感矣：为我吊望诸君①之墓，而②观于其市，复有昔时屠狗者③乎？为我谢④曰："明天子在上，可以出而仕矣！"

【译述】

河北、山西这一带，古人传说悲壮慷慨的豪杰很多。董生参加进士考试，一连好几次都不能得到主考官的赏识，所以怀着很高的才能，闷闷不乐地要到那儿去，我知道他一定会遇上意气相投的人。董生，打起精神上路吧！

像你这样有才华而不得志的人，只要是爱慕正义、有心行仁的人，都会爱惜你的。何况燕赵的豪杰，仁义是他们的天性呢！

可是我也曾经听人说过：一个地方的风俗，往往随着教化而转变，我又怎么敢担保现在那儿的风气还是跟古代一样呢？我不过姑且为你这次远行的遭遇做一个预言罢了。董生，加油吧！

由于你的北游，我心里很有些感触。请你到了那里以后，

---

① 望诸君：燕国大将乐毅为燕昭王出兵攻打齐国，立了大功以后，因为跟继任的国君惠王不和，只好离开燕国，跑到赵国，赵国封他为望诸君。乐毅是一位英雄人物，死在赵国，坟墓也应该在赵国的邯郸，不过也有人说他归葬在燕国的良乡。韩愈在这里说请邵南去吊祭乐毅的墓，只是一时兴到的话，表示他对天下英雄豪杰的仰慕而已。

② 而：并且。

③ 屠狗者：指另一位燕国豪杰高渐离，他本来是一个屠夫（古人常吃狗肉），也擅长敲击筑这种乐器，荆轲到了燕国，就跟他交为好朋友，两个人常常一起在市场上喝酒，高渐离击筑，荆轲和着他的节拍唱歌，唱完了又相对流泪，好像四周没有别人似的。后来荆轲刺秦王失败了，高渐离又拿了他的筑去击打秦王，也没成功，反被杀死。

④ 谢：告诉。

帮我凭吊一下望诸君乐毅的坟墓,并且去看看那里的市场,看看是不是还有古代那种隐居屠狗的豪杰。如果真有,请为我告诉他们:"现在有英明的皇帝在朝廷上,你们可以出来为国家效劳了!"

【赏析】

本文是赠序文,也就是用一篇比较短小的文章勉励、安慰将要远行的人,有时也顺便交代一些事情。写作的对象往往是好友或学生、晚辈。

本文的主旨是勉励董邵南(韩愈的学生)不要因为考场失意而泄气,并暗示他要爱慕仁义、追求真理,以古代的英雄为典范,不要随波逐流。有机会的时候,还是回到京都来效命朝廷的好。但说得非常委婉,一点都不露教训的痕迹。

这篇文章跟《原道》的体裁虽然不同,有一点却是一样的,那就是以古和今的对比呼应做骨干。

第一段从燕赵古代多悲歌感慨之士说起,指出董生不遇,去那儿一定能得到知音,意思是很积极的,在文章作法上,是一扬。韩愈文章常注意起句,往往声音响亮,意义庄重,又能出乎一般人意料之外。

第二段再由董生的不遇,转折到燕赵之士的仁义都出自本性,所以董生去那儿,更不会失望。第一段由燕赵之士说到董生,这一段又由董生说到燕赵之士,更逼近一层,这又是一扬。而最后一句说得很简洁,很含蓄,好像只说了一半就闭嘴了,其实意思已经很清楚了。这在文章作法上叫"暗笔"。

第三段表面上是一个回转,作者忽然把高调变成了低调,把鼓励变成了保留的态度,其实这才是作者真正的心意所在。古代多豪杰,不一定能保证现在也这样,时代改变了,风俗习气也会发生变化。说得清楚些,当时燕赵的藩镇已经不大听中央政府(朝廷)的指挥,说不定不久就变成叛乱分子,董生怀抱着很高的理想、很大的希望去那儿,恐怕难免要失望、要后悔哩。但是韩愈仍旧用很含蓄的方式来表达这种意思,"聊以吾子之行卜之也"是一句相当暧昧的话:到底是"预言"好呢,还是"预言"不好?表面上看来,似乎偏于好,其实恐怕是偏于不好的意思。最后又重复第一段的五字句,正好跟第一段所说的内容成一强烈的对比,这是一抑。这段里隐隐约约含有讽刺的意思。

第四段再从董生的远行抒发作者的感慨,要董生拜墓观市,正是拿乐毅、高渐离这些古代的英雄豪杰来比照现在的藩镇,一正一反,非常明显,但因为说得很自然,又不会显得太尖锐。最后那两句话,几乎已明示董生:最好还是不要去。可是完全不取直接说教的方式。真可说是摇曳生姿,变化自如。这一段表面是扬,其实是抑,不是大家,不容易写出这样的妙文来。

有人说:"这是韩文中阴柔之作。"我以为该说是"柔中有刚的作品"。这种作品,最能发挥潜移默化的作用。但是运用得不恰当,便会软弱乏力,或头绪不清。韩愈可说是吸收了《史记》的笔法,吞吐变化,运转美妙,表面上是送董生,其实是挽留董生。文章虽短,转折却多,气势也很足。

杂说四

　　世有伯乐①,然后有千里马。千里马常有,而伯乐不常有。故虽有名马,只辱②于奴隶人之手,骈③死于槽枥(lì)④之间,不以千里称也。

　　马之千里者,一食⑤或尽粟一石。食(sì)马者,不知其能千里而食也。是马也,虽有千里之能,食不饱,力不足,才美不外见,且⑥欲与常马等不可得,安求其能千里也?策⑦之不以其道,食之不能尽其材,鸣之而不能通其意⑧,执策而临之曰:"天下无马。"

　　呜呼!其真无马邪?其真不知马也!

---

① 伯乐:人名,姓孙,名阳,是周朝一位善于鉴定好马的专家。有一次他路过虞坂,有一匹良马趴在盐车底下,看到伯乐,就长声嘶叫,伯乐感动得立刻下车,为它的遭遇而流下了热泪。
② 辱:受……的侮辱。
③ 骈:并,一起。骈死:跟普通的马一起死。
④ 槽:喂马吃东西的地方。枥:养马的地方。
⑤ 食:喂。
⑥ 且:即使,就是。
⑦ 策:马鞭,这里用作动词,就是用马鞭打马。
⑧ 通其意:了解它的心意。

【译述】

世界上有伯乐这种识马的专家,然后千里马才为人所知。千里马常有,像伯乐这种识马的人却不常有。所以,即使有名马,也不过在无知的奴仆手下受侮辱,最后跟其他的马一起死在马房里,始终没有人知道它是千里马。

真正的千里马,有的一顿饭就要吃一石的小米。喂马的人因为不知道它是千里马,喂它的时候还是用喂一般马的标准喂它,于是这匹马虽有一天跑一千里路的本领,因为吃不饱,力气就不够了,它的特长也就表现不出来,甚至要它跟普通的马一样都办不到,哪里还能一天跑一千里呢?养马的人不按照正当的御马方法来鞭策它,又不能把它喂饱,它嘶叫的时候又不了解它的心意,只晓得手里握着马鞭,站在它面前,对人家说:"天下找不着千里马!"

唉!难道是真的没有千里马吗?其实是他根本不认识千里马!

【赏析】

本文是一篇短论,用我们现在的标准看,也可以说它是一篇杂文——像报纸上的方块文章。

它的特色是短小精悍,文字少而很有力量,很中肯,所表现的意义往往是很有启发性的,让读者有所觉悟,把平常不注意的事重新拿来思考,得到新的答案;平时想不通的问题也可能一点而通,并且进一步影响到他们为人处世的态度,或对于某些事情的做法。

这篇文章里表面上在谈千里马的事,其实是用千里马比喻有才能的人。伯乐就是有地位又有眼光的人——譬如皇帝、大臣,或者现在的政府官员,甚至握有选举权的人。

第一段由伯乐和千里马的密切关系说起,谈到世上一般千里马因为不遇知音,白活一场,感叹的意思很深,但文字简洁强劲,表面上并没有一点伤感的字眼。一正一反之间,用一"故"字联系,前后各四句,显得十分均衡。

第二段比较仔细地刻画一般千里马的不幸遭遇——这也正是许多有才能的人的遭遇。"虽有千里之能,食不饱,力不足……安求其能千里也?"这一节,已经够沉痛的了。再往下发挥,写到"天下无马"四字时,真是笔力千韵,反讽的意味几乎要横溢而出。但是韩愈就像一个高明的骑士一样,到这儿突然勒住了缰绳,暂停了!也好让读者回味一下,品尝一下那种辛酸中有悲愤的感觉。

最后一段是强烈的批判,是悲痛的呼声,是遏止不住的控诉。一叹("呜呼!")一问("其真无马耶?")一结("其真不知马也!"),使读者和作者、千里马的命运顿时打成一片。

这篇一共一百五十一字的妙文,真可以抵得上娓娓不绝的千言万语。跟前一篇《送董邵南序》的作法,也正好形成一个对比。

祭十二郎文

年月日①，季父②愈闻汝丧之七日，乃能衔③哀致诚，使建中④远具⑤时羞⑥之奠，告汝十二郎⑦之灵。

呜呼！吾少孤⑧，及长，不省所怙（hù）⑨，惟兄嫂⑩是依。中年，兄殁南方⑪，吾与汝俱幼，从嫂归葬河阳⑫。既又与汝就食江南⑬。零丁孤苦，未尝一日相离也。吾上有三兄，

---

① 年月日：古人祭文，习惯上先写几年几月几日，但作者往往把它们暂时空着，也许因为在写文章的时候还没有决定吊祭的日子。
② 季父：就是叔父。古人兄弟以伯、仲、叔、季排行，韩愈是老四，又比十二郎长一辈，所以称"季父"。
③ 衔：用口含物。衔哀：含着悲伤。
④ 建中：韩愈的家人名。
⑤ 具：准备，安排。
⑥ 时羞：应时的食物。
⑦ 十二郎：韩愈的哥哥韩会做过起居舍人，没有儿子，以他弟弟韩介的儿子名叫老成的做后嗣，就是十二郎。"十二"也是排行。
⑧ 吾少孤：韩愈的父亲韩仲卿做过武昌令，韩愈才三岁他就死了。
⑨ 不省：不认识。怙：依赖。古人称父亲死为"失怙"。"不省所怙"就是不认识自己的父亲。
⑩ 兄嫂：兄，韩会，嫂，郑夫人，也就是十二郎的父母亲。
⑪ 兄殁南方：唐代宗大历十二年，韩会因为被认作跟宰相元载一党，贬为韶州刺史，不久死在任上。韩愈那时才十一岁，也在韶州。韶州在现在的广东省韶关市，所以说是"南方"。
⑫ 河阳：就是孟阳，韩愈的故乡，原来的城在现在的河南省孟县（一说修武县。这是《唐书》上的记载，跟后来朱熹的说法不同）。
⑬ 就食江南：韩愈先依靠嫂子北上，因为中原不安宁，又折回江南谋生，他们一起住在宣州（现在的安徽省宣城市）。

皆不幸早世①。承先人后者,在孙惟汝,在子惟吾,两世一身,形单影只。嫂尝抚汝指吾而言曰:"韩氏两世,惟此而已!"汝时尤小,当不复记忆。吾时虽能记忆,亦未知其言之悲也。

吾年十九,始来京城②。其后四年,而归视汝。又四年,吾往河阳省坟墓,遇汝从嫂丧来葬。又二年,吾佐董丞相于汴州③,汝来省吾。止一岁,请归取其孥(nú)④。明年,丞相薨(hōng)⑤,吾去汴州⑥,汝不果来。是年,吾佐戎徐州⑦,使取汝者始行,吾又罢去⑧,汝又不果来。吾念汝从于东⑨,东亦客也,不可以久;图久远者,莫如西归⑩,将成家而致汝⑪。呜呼!孰谓汝遽去吾而殁乎!吾与汝俱少年,以为虽暂相别,终当久相与处,故舍汝而旅食京师,以求斗斛之禄。诚知其如此,虽万乘之公相,吾不以一日辍汝而就也。

去年,孟东野⑫往,吾书与汝曰:"吾年未四十,而视茫茫,

---

① 早世:很早去世。
② 始来京城:唐德宗贞元二年(786),韩愈从宣州到京都长安去,自此跟侄儿分手。
③ 佐董丞相于汴州:贞元十三年(797),董晋帅汴州,任用韩愈为节度推官,在汴州佐理军事。汴州,就是现在的河南省开封市。
④ 孥:妻和子女的合称。
⑤ 薨:丞相、公侯、诸侯死叫薨。
⑥ 吾去汴州:董晋死了以后,韩愈送丧而出。四日,汴州军作乱,韩愈便离开汴州,从此跟十二郎再也没见过面。
⑦ 佐戎徐州:韩愈离开汴州后,到徐州(在江苏)去投奔武宁节度使张建封,张建封任用韩愈为节度推官。
⑧ 吾又罢去:张建封派韩愈待在符离睢(suī)上,不久罢官离去。
⑨ 从于东:徐州在东边,"从于东"是说你跟我到东边的徐州。
⑩ 西归:回到河东——河东在西边。
⑪ 将成家而致汝:韩愈自从到长安以后,想到家人分离容易相会难,老是流落异乡终究不是办法,所以打算在老家安顿下来,跟住儿长久相聚。致汝:接你回老家。
⑫ 孟东野:就是诗人孟郊,是韩愈最推崇的好朋友,那时正往江南做溧阳尉。

而发苍苍,而齿牙动摇。念诸父与诸兄,皆康强而早世;如吾之衰者,其能久存乎?吾不可去,汝不肯来,恐旦暮死,而汝抱无涯之戚也!"孰谓少者殁而长者存,强者夭而病者全乎?呜呼!其信然邪?其梦邪?其传之非其真邪?信也,吾兄之盛德而夭其嗣乎?汝之纯明而不克蒙其泽乎?少者强者而夭殁,长者衰者而存全乎?未可以为信也;梦也,传之非其真也,东野之书,耿兰①之报,何为而在吾侧也?呜呼!其信然矣!吾兄之盛德而夭其嗣矣!汝之纯明宜业其家者,不克蒙其泽矣!所谓天者诚难测,而神者诚难明矣!所谓理者不可推,而寿者不可知矣!虽然,吾自今年来,苍苍者或化而为白矣②,动摇者或脱而落矣③;毛血日益衰,志气日益微,几何不从汝而死也!死而有知,其几何离④;其无知,悲不几时,而不悲者无穷期矣⑤!汝之子,始十岁,吾之子,始五岁;少而强者不可保,如此孩提者⑥,又可冀其成立邪?呜呼哀哉!呜呼哀哉!

汝去年书云:"比⑦得软脚病⑧,往往而剧。"吾曰:"是疾也,江南之人,常常有之。"未始以为忧也。呜呼!其竟以此而殒⑨其生乎?抑别有疾而致斯乎?汝之书,六月十七

---

① 耿兰:韩愈家的家人名。
② 化而为白矣:灰发变成白发了。
③ 脱而落矣:牙齿都掉落了。
④ 其几何离:分开的时候不多了,不久将会相见于九泉之下。
⑤ 不悲者无穷期矣:如果死后无知,那就永远不会再悲伤了。
⑥ 孩提者:需要大人提、抱的孩子。
⑦ 比:近来,最近。
⑧ 软脚病:两脚麻痹软弱、不能走路的毛病。古人又称它为"痿"。
⑨ 殒:死,丧失。

日也。东野云：汝殁以六月二日。耿兰之报无月日。盖东野之使者，不知问家人以月日；如耿兰之报，不知当言月日。东野与吾书，乃问使者，使者妄称以应之耳。其然乎？其不然乎？

今吾使建中祭汝，吊①汝之孤②，与汝之乳母③。彼有食，可守以待终丧，则待终丧而取以来；如不能守以终丧，则遂取以来。其余奴婢，并令守汝丧。吾力能改葬，终葬汝于先人之兆④然后惟其所愿。

呜呼！汝病吾不知时，汝殁吾不知日；生不能相养以共居，殁不能抚汝以尽哀；殓不凭其棺，窆（biǎn）⑤不临其穴。吾行负神明，而使汝夭；不孝不慈，而不能与汝相养以生，相守以死。一在天之涯，一在地之角；生而影不与吾形相依，死而魂不与吾梦相接。吾实为之，其又何尤！彼苍者天，曷其有极！自今以往，吾其无意于人世矣！当求数顷之田，于伊、颍⑥之上，以待余年，教吾子与汝子，幸其成；长吾女与汝女，待其嫁。如此而已！呜呼！言有穷而情不可终，汝其知也邪？其不知也邪？呜呼哀哉！尚飨⑦！

---

① 吊：唁问，安慰死者的家属。
② 孤：指十二郎留下的孤儿，名湘，相传就是八仙中的韩湘子。
③ 乳母：十二郎小时候喂他奶的老乳母，姓名不清楚。
④ 兆：坟墓。
⑤ 窆：把棺材放进墓穴里。
⑥ 伊、颍：两条河名，都在现在的河南省。
⑦ 尚飨：请来享用祭品吧！是祭文中常用的收尾语。

唐宋八大家：大块文章

【译述】

某年某月某日，你的叔叔愈，在听到你死去的消息后第七天，才能含着悲哀，怀着诚意，叫建中从远方带了应时的祭品，供在你十二郎的灵前：

唉！我很小就死去了父亲，长大以后，根本不记得父亲长得什么样子，只有依靠哥哥嫂嫂过日子。哥哥中年死在南方，那时候我和你都还很小，跟着嫂嫂回来，把哥哥埋葬在南阳。后来为了生活，又跟你一起到江南去。既孤单又穷困，我和你没有一天分开过。我虽然有三个哥哥，可是都不幸很早去世。继承祖宗血脉的，在孙子这一辈只有你，在儿子这一辈只有我。两代都只有一个人，真是孤零得很。嫂嫂曾经抚摸着你，指着我说："韩家两代，就只剩下你们两个了！"你当时年纪比我更小，当然不会有什么印象了。我当时虽然已经能够记忆，但是也还不能体会到这话里的悲哀。

我十九岁才来到京都。隔了四年，曾经回家去看你一次。后来又隔了四年，我去南阳扫墓，碰到你正护送着嫂嫂的灵柩来安葬。又过了两年，我在汴州帮助董丞相办事，你赶来看我。只住了一年，你说要回去接你的妻子和孩子。第二年，丞相去世了，我也离开了汴州，结果你没来成。那年，我在徐州帮忙处理军务，又要去接你，谁想到我派去接你的人刚刚动身，突然我又离了职，结果你又不能来。我想你要是跟我到东边去，在那儿也是作客，不能很长久。要想长久安定相聚，不如回到西边的故乡去。我打算把家安顿好以后，再派人去接你。唉，谁想到你竟忽然去世了呢！我和你年纪都还很轻，我心里总以为虽然我们暂时分手，最

第一章 韩愈文选

后总会长久相聚在一起的,所以我才离开你,去京都作客,当一名小官,赚一份微薄的薪水。如果我事先知道现在这种情形,哪怕是最高的官位,最好的待遇,我也不肯离开你一天去就任的。

去年,孟东野到你那边去,我曾经托他带信给你说:"我的年纪虽然还没满四十岁,可是我两眼的视觉已经有点模糊了,头发也灰白了,牙齿也晃动了。想到叔、父和哥哥他们身体都很健康强壮,可是很早就已经去世,像我这样身体衰弱的人,还有希望活得长久吗?我没法到你那里去,你又不愿到我这里来,说不定我哪天就会死去,那你就要十分悲哀了!"谁知道你这个年轻的反而先死,我这个年长的倒留了下来;健康的人短命,多病的人却还活着呢。唉!这是真的吗?还是我在做梦呢?难道是消息传错了吗?如果是真的,难道像我哥哥德行那么好,他的子嗣也要早死吗?以你的纯善聪明,竟不能承受他的福气吗?难道年轻的、强壮的应该早死,而年长的、衰弱的应该不死吗?简直让人没法相信这是真的!如果说这是做梦,或者消息不正确,那么,孟东野的来信,耿兰的报告,怎么会在我的身边呢?唉!这是千真万确的了。像我哥哥德行那样好的人,他的子嗣也那么早就死了;像你那样纯良聪明的人,应该好好继承家业的,竟不能承受先人的福泽了!一般人所说的天命,实在太难料了。所谓神意,真是很难了解!天底下的道理,往往不容易推断。人的寿命,更难预先知道了!虽然如此,我从今年起,灰白的头发渐渐变白了;晃动的牙齿,有的已经掉落了。体力一天比一天衰弱,精神一天比一天萎靡。还能有多少时候活在这世上,而不跟随你死去呢?如果人死了,仍旧还有知觉,那么我们分离在两地的日子也不会太久了。如果人死了就不再有知觉,那么我为你悲伤的时间,也不会多了,我将永远不悲伤了。你的孩子,现在才十岁,我的孩子,还只有五岁。年轻力壮的人尚且不能活下去,这样年幼的小孩,又怎能期望他们——长大成人呢?唉!真伤心啊!真伤心啊!

你去年信上说:"最近生了软脚病,时常发作得很厉害。"我说:"这种毛病,江南的人,常常会患。"我根本没把它当作一件可忧的事。唉!难道你就是为了这毛病而送命的吗?或者是另外还有疾病,才弄到这个地步呢?你的信,是六月十七号写的,但是孟东野却告诉我说:"十二郎是六月二号死的。"耿兰的报告里,没有说明你死的日期。可能因为东野所派遣的人,不知道应该向家人问清楚日期,至于耿兰的报告呢,根本不知道应该说日期。东野写信给我,那日期一定是他问他派遣的人,那人随口回答他的。事情真是这样的吗?还是有别种情形呢?

现在我派建中祭奠你,同时也慰问你的儿子和你的老奶妈。他们如果暂时还能维持生活,守满你的丧期,那就等丧期满了,再接他们回来;要是不能守满丧期,那就由建中顺便接过来。其余的男女用人,也叫他们一起守你的丧。只要我的经济能力能够负担改葬,到头来一定会把你改葬到祖先的坟地上去,这样才算了了我的心愿。

唉!你什么时候生病,我不知道;你什么时候去世,我也不知道。你活在世上的时候,我不能和你一起生活;你死了以后,我又没法去看看你,向你表达哀伤。在你入殓的时候,我不能站在棺材旁边;在你下葬的时候,我又不能亲自到墓地去。唉!大概是我的行为对不起老天,因此才使你早死。我既不孝又不慈,才不能跟你生活在一起,死在一块儿。我们俩一个在天涯,一个在地角。你活着的时候,影子不能跟我的形体相依在一起;死了以后，灵魂也没有到梦里来和我相会。这都是我所造成的，又有什么好埋怨的呢？老天呀，这到底是怎么回事呢？从今以后，我活在这世上也没有什么意思了！现在我只想在伊水和颍水岸上，买下几百亩的田地，来度过我的后半辈子，一方面教导我的儿子和你的儿子，希望他们能够好好的长大成人，抚养我的女儿和你的女儿，一直等到她们出嫁，一切就只是这样罢了。唉，话是说得完的，但是情感却永远没有完了的时候！你到底能够知道呢？还是完全不知道？唉，真是哀痛极了！现在只希望你来享用这些祭品！

【赏析】

　　这篇文章的一大特色是以兄弟的情感来写叔侄的情感。因为韩愈父亲早死，母亲又改嫁，完全靠大哥大嫂抚养长大，所以跟十二郎名分上是叔侄，实际情感上却亲似兄弟，这就比一般叔侄更亲切了。何况韩家两代单传，两人的关系更不寻常。本文充分表达了这种至情至性。

　　凡是祭文，最忌讳的是虚情假意，或说些不着边际、过分溢美的话，韩愈这篇《祭十二郎文》，大部分是在回忆中表现亲情，在亲情中流露哀伤，因此是一篇感人的佳作。

　　在技巧上，它比前面选的三篇来得朴素自然，这跟题材和对象直接有关。在情感的流露上，也远比前两篇直接、强烈。

　　哀祭类的文章，古时多半用来祭告天地、山川、社稷、宗庙；后代的祭文，多半用来祭奠死人，所以不再偏于颂祝，而主要在表现哀悼和思念。祭文的体裁，有散文的，也有用韵文的；韵文又有四言（每句四字）、六言（每句六字）、杂言（每句字数不定）、骚赋、骈俪（每两句对仗，偶然也夹着一句对一句的片）等。其中以散文、四言、骚赋用得最多，这篇文章就是散文。

写作的时间是唐德宗贞元十九年（803）十二郎死后不久。

全文共分七段：

第一段说祭奠的年月日，代作者致祭的人，这是一般祭文固定的格式。

第二段进入正文，回想他和十二郎童年的孤苦情形，重心落在"两世一身"四个字上，把叔侄的情感、关系，做了不言而喻的刻画。中间用了好几个四字句，简短而有力，读来朗朗上口。

第三段叙述叔侄两人会少离多，如今十二郎突然去世，他深深后悔到京都去做官，以致不能长久相聚。这段里也运用了不少短句，尤其四字句，更多达十二句。但是最后却用比较长的句子压阵，更能表现作者心情的沉痛。尤其最后三句，各为五字、六字、十字句，愈来愈长，读起来也愈来愈凝重。中间插入"呜呼！孰谓汝遽去吾而殁乎？"不但变化文章的气势，也有石破天惊的效果。

第四段先写自己的衰弱，因而感慨衰病的人幸存、强壮的人反而先死，迷惑于天地、神明、命运的不可测，以这种方式哀悼对方的死，最为深沉。最后又说自己恐怕也难长寿，而子女还很幼小，不过也许跟十二郎相会的日子不会太远了，似乎悲哀中有安慰，其实那些告慰的话都是勉强拼凑出来的，反而足以激发更深的悲哀。这一段当中一再用自问自答的方式，来表达不能自我克制的情感。从好几个角度去设想、去推测，结果仍得不到什么满意的答案。这种作法运用得不恰当的话，很容易把文章的条理都紊乱了，但是韩愈却控制得很得体。还有，这段里分用两次"呜呼！"最后连用两次"呜呼哀哉！"配合了情感的起伏，有点像音乐中的伴奏，也值得注意。

第五段说十二郎生病和死的日子他都不知道。本来这是一桩小事，但在那种强烈的情绪笼罩下，也顿时变成严重的大事了。所以自己分析一番以后，又加上"其然乎？其不然乎？"那么急切的两句问话。

第六段交代今后对十二郎后事及家人的安排。文字虽短，却也分为四个层次。第二个层次里又分正、反两种情形。始终井井有条。

第七段是总结，把生前死后的一切，做了一个综合的陈述，又补充了他未来的安排，使十二郎格外安心。其中"吾行负神明，而使汝夭"那一段，显示了古人的习惯：凡是亲人（尤其长辈）死去，总要责备自己品德、行为不好，以致牵累了家里的人。这是谦虚的表现，也是深情厚爱的流露。这一段虚说实写合在一起，既不过于空洞，也不致有冷淡的流弊。

林西仲说："祭文中出以至情之语，以此为最。"又把本文称许为"绝世奇文"。本文虽然偶有情感泛滥的地方，但作者很快地控制住了，所以是一篇流传很广的名文。

第二章

柳宗元文选

第二章　柳宗元文选

柳宗元生于唐代宗大历八年（773），死于宪宗元和十四年（819）十一月八日，是唐宋八大家中寿命最短的一位——只活了四十七岁。字子厚，河东蒲州（现在的山西省永济市）人。

他的父亲柳镇，博学能文，曾任太常博士、苏州县令、左卫率府兵曹参军，帮助郭子仪镇守朔方府（现在的内蒙古自治区鄂尔多斯市一带），后来做中侍御史，刚强正直敢说话，因而冒犯权臣被贬。母亲卢太夫人，也通晓诗书，非常贤慧，因为柳宗元是独生子，所以对他管教得特别严，以免他娇宠成性，从小便亲自教他读书。柳宗元聪明过人，四岁就能背诵古赋，十一岁跟随父亲到湖南、湖北、江西各地，所写的文章已经很出色，被父亲的朋友们争相传诵，十三岁竟代崔中丞写贺章，大家都把他当作天才少年。

他在德宗贞元五年（789），十七岁时，以举人的身份献诗给太常博士崔德兴，大受赏识，一时文名震动京都。贞元九年（793），他才二十一岁，便考中进士。那时考试的风气不太好，很多人都靠着父亲兄长的官位和财势，托人疏通提拔，宗元的父亲柳镇却不肯请托人情，因此柳宗元那么年轻便考取进士，更显得难能可贵。不久，柳镇去世，宗元又在三年后考中博学宏词科，授官集贤殿正字，就是俗称的校书郎，在宫廷里负责编辑及校勘书籍，所以韩愈为他写的墓志铭里说："他的意见都以古今书籍的记载作旁证，不论经史子集，他都能运用自如，头头是道，常能说服同座的人，名气也因此越来越大，大家都要跟他交朋友。"在长安他结识了比他大五岁的韩愈，两人不但交情很好，而且很快地成为复古运动的盟友，所以后人把他们并称为"韩柳"。

贞元十五年（799），柳宗元支持太学生挽留正直不阿的国子司业阳城，并一起讥讽、批评当时的权臣，韩愈不但写信给他，大加鼓励，还公开地支援他。

不久，柳宗元外放为陕西蓝田的县尉。他到任以后，勤政爱民，很有成绩。不过，整天在俗吏、商人中间周旋的生活使他心里非常痛苦。贞元十九年（803），他三十一岁时，担任监察御史，也跟父亲一样，不怕有权势的人，敢直截了当地说心里的话。而且他富有正义感，厌恨恶人，喜欢帮助别人，因此很多人都喜欢跟他交朋友。跟他最要好的，是和他同一年考中进士的诗人刘禹锡，以后他们两个在复古运动和政治改革上，一直是生死不渝的好友，后来又结交了清廉正直的王叔文和韦执谊。

王、韦二位在唐顺宗的信任下改革政治，宗元也成为他们手下重要的谋士，他们做了不少有利于国家的事，可惜有些地方太急切了一点，宦官和贪污的朝臣们便乘机攻击他们。宪宗即位，王、韦都坐了专权的罪名，宗元也受贬为邵州（现在的湖南省邵阳市）司马，在上任途中，又贬作永州（现在的湖南省永州市）司马。

永州在当时是一个没有开化的地方，生活很苦，宗元在那儿尽量研究学问，游山玩水，写了著名的《永州八记》和《封建论》等好文章，一面仍提倡古文运动。

在永州熬了十年，宪宗元和九年（814）十二月，才奉诏调回长安。谁知反对派仍旧不肯饶他，十年二月，又贬去做柳州（现在的广西省柳州市）刺史。

柳州地方更远，也更荒凉，宗元教人民耕田织布，改善生活，建造庐舍，制造车船，订定解放奴隶的办法，有几千人因而得到自由。他又修建孔庙，教人民读书，社会上也就渐渐有了礼法。短短的四年里，使柳州面目一新。但是他自己却患了毒疮和霍乱，终于死在柳州。

柳宗元一方面崇尚儒家，一方面接受佛家思想的精华，他的思想是博大的。

他的文章韩愈曾称许为"雄深雅健"，像司马迁。他最擅长的是游记和寓言。游记细腻而幽冷，精彩美妙，寓言也妙趣横生，自然而然地寄托了许多国家、人生的大道理。他又喜欢在文章里用古字和偏僻的字，朱熹说他的文章"高古"，除了指内容意境以外，这大概也是一个原因。

箕子碑

凡大人①之道有三：一曰正蒙难②，二曰法授圣③，三曰化及民④。

殷⑤有仁人曰箕子⑥，实具兹⑦道，以立于世，故孔子述六经之旨，尤殷勤焉。当纣之时，大道悖乱。天威之动不能

---

① 大人：有德行的人，伟大的人。
② 正蒙难：为了正义而冒险犯难，像箕子为了劝谏商纣而被囚禁，就是一个例子。
③ 法授圣：把一种传道的方法教给圣人。
④ 化及民：施教化在人民身上。
⑤ 殷：商朝从盘庚迁都到殷（现在的河南省淇县）以后，便又称作殷朝。
⑥ 箕子：商时的叔父，因为谏纣被囚禁，假装发疯，被充做奴隶。周武王灭了殷商，箕子便带了五千人避开他，到朝鲜去做国王。
⑦ 兹：此，这种。

戒①，圣人之言无所用。进死以并命②，诚仁矣；无益吾祀，故不为。委身以存祀③，诚仁矣；与亡吾国，故不忍。具是二道，有行之者矣。

是用保其明哲，与之俯仰。晦是谟范④，辱于囚奴。昏而无邪，隤（tuí）⑤而不息。故在《易》曰："箕子之明夷⑥。"正蒙难也。

及天命既改，生人以正。乃出大法，用为圣师，周人得以序彝伦而立大典。故在《书》曰："以箕子归，作《洪范》⑦。"法授圣也。

及封朝鲜，推道训俗。惟德无陋，惟人无远。用广殷祀，俾⑧夷为华，化及民也。率是大道，丛于厥躬。天地变化，我得其正。其大人欤！

於虖（hū）⑨！当其周时未至，殷祀未殄（tiǎn）⑩。比

---

① 戒：引以为戒，警惕。
② 进死以并命：指比干的事。比干也是纣的叔父，劝时不听，反被纣所杀。并命，拼命，连命也送了。
③ 委身以存祀：指微子的事。微子是纣的庶兄（不是原配的母亲所生的儿子），也屡次劝纣，不听，便离开了朝廷，以保存商朝的血统和维持宗庙的祭祀。
④ 晦是谟范：晦，藏。是，此。谟，谋。范，法。
⑤ 隤：失败，挫败。
⑥ 明夷：《易经》六十四卦之一，象征太阳落入地下，光明磊落的人受到了伤害或挫败。它的爻辞六五（指由下数起第五爻）说："箕子之明夷。"意思是说，箕子以一个宗室的大臣而待在黑暗的地方，遇到昏暴的君主，但仍旧能够坚守自己的节操，是一个模范。
⑦ 《洪范》：《书经·周书》里的一篇。洪，大。范，典范，就是前面说的"大法"，《洪范》是禹制定的，箕子再把它扩展发扬，来传授给周武王。
⑧ 俾：使。
⑨ 於虖：等于"呜呼"。
⑩ 殄：灭，绝。

干^①已死，微子^②已去。向使纣恶未稔（rěn）^③而自毙，武庚^④念乱而图存，国无其人，谁与兴理？是固人事之或然者也。然则先生隐忍而为此，其有志于斯乎？

唐某年，作庙汲郡^⑤，岁时致祀。嘉先生独列于《易》象，作是颂云^⑥。

【译述】

一个伟大的人应该具备三个条件：第一，为正义不惜冒险犯难；第二，把传道治国的方法教给圣贤；第三，教化人民。

殷商的时候，有一位仁人名叫箕子，便具备了这些条件，而且以这些条件立身在社会上。所以孔子叙述六经的旨意时，对于他的事特别强调。商纣的时代，天下悖逆混乱，老天的威势已经不能警惕他，圣人的话他也当作耳边风。冒死进谏，的确可以算得上是仁了，但是因为对于自己的国家没什么好处，所以他不愿这样做。保全自己，来维持宗庙社稷的祭祀，也可以算是仁；但是要眼看自己的国家灭亡，所以他不忍心这样做。这两种做法已经有别人实践了。

因此他保全他光明磊落的生命，暂时和世俗的人混在一起，把自己的谋略隐藏起来，委屈在奴隶群中。他虽然不得志，但是

---

① 比干：纣的叔父，谏纣不听，被他所杀。
② 微子：纣的庶兄。
③ 稔：熟，满盈。
④ 武庚：殷纣的儿子，周朝统一天下以后，周公把他封为殷朝的后嗣。
⑤ 汲郡：现在的河南汲县。
⑥ 云：句尾助词，有"如此""这样"的意思。

不做不合道理的事；他虽然失败，但是仍不停地努力。所以《易经》上说："一个宗室的大臣，待在黑暗的地方，遇上一个昏庸的君主，可是他的节操始终是纯正的，这是箕子的卦象。"正是说他能够为了正义而冒险犯难。

等到殷朝灭亡，周朝兴起，世上的人都走上了正轨，于是他就拿出治天下的九类大法教授给周武王，做了圣人的老师。周朝的人，因此才能使伦常井井有条，也才能创立伟大的典章，所以《书经》上说："因为箕子回来制作《洪范》。"这是说他把治国的方法传给圣人。

到了他被封在朝鲜的时候，就推广大道，教化老百姓。一切只讲道德，不管贵贱；一心教人，不管远近。因此扩展了殷朝的文化，使夷狄变成中国，这是他教化的成功。这些美好的德行都聚集在他身上。无论天地怎样变化，他始终是纯正的，他真不愧是一位伟人啊！

唉！在周朝还没有建立，殷朝还没有灭亡的时候，比干已经给纣杀了，微子也离开了；假使纣的罪恶还没有满盈，就死去了，武庚忧虑国家的纷乱，想要拯救危亡，但是当时国内已没有贤人志士了，谁跟他一起来治理国家呢？这种事本来是很可能会发生的。这样说来，箕子先生这样地忍耐受辱，也许就是有这种安定天下的志向吧？

唐朝某一年，在汲郡建立了一座箕子庙，以后每年人们都按时节祭祀。我佩服先生独独有资格列名在《易经》的象辞里，所以写了这篇颂词。

第二章 柳宗元文选

【赏析】

本文属于碑志体。

箕子是商纣的叔叔,名叫胥余,封子爵,掌管箕国的土地。商纣残暴,箕子劝谏他,他不肯听,于是箕子就佯狂为奴,以免杀身的灾祸。周武王打败了商纣,箕子作《洪范》,告诉武王治国平天下的方法。武王很尊敬他,不把他当臣子看待,把他封在朝鲜。现在的朝鲜平壤市,还有箕子墓。唐朝河南汲县的人民,建筑了一座箕子庙纪念他,柳宗元便写了这篇碑志文歌颂他。

全文共分七段:

第一段从大处着眼,列举出伟大人物所应该具备的三个条件,言简意赅,但分量很重,等于为全篇文章建立了一个坚实的骨架。

第二段说比干为国牺牲,微子为国流亡在外,都可以算是"仁"的表现,但是箕子有更远大的打算,不忍心像他们一样地做。这段用一个比两个的方式来展开,始终没有把比干、微子的名字说出来。最后只说:"具是二道,有行之者矣。"实际上他们的所作所为,正好映衬出箕子的高明伟大:那两句话跟"实具兹道,以立于世"遥遥对峙。

第三段写箕子佯狂作奴,冒险犯难而伸张正义,是响应第一段的"一曰正蒙难"。

第四段说箕子把《洪范》传授给武王,又是呼应首段的"二曰法授圣"。

第五段说箕子如何教化朝鲜人民,又跟第一段的"三曰化及民"互相呼应。这一连三段多用四字句,尤其本段,更是十二句全是四字,形成一种和谐有力的效果。

第六段说箕子之所以这样做,是有志于救国救民。假使纣先死了,武庚想治理天下,就必须有箕子这样能忍耐、有远见的人来协助他。"比干已死,微子已去"是为第二段点睛,也使全文的组织更显得严密。

第七段叙述作碑文的动机。"嘉先生独列于《易》象"又应和了第三段的"箕子之明夷"。

整个看来,除了一头一尾,第三、四、五段是三根主线,第二、第六段是两根辅线。

此外,叙述、议论自然糅合,而以议论始、以叙事终的作法也是值得学习的。

种树郭橐驼传

郭橐(tuó)驼①,不知始何名。病偻(lóu)②,隆然伏行③,有类④橐驼者,故乡人号之"驼"。驼闻之,曰:"甚善,名我固当⑤。"因舍其名,亦自谓橐驼云。

其乡曰丰乐乡,在长安⑥西。驼业种树,凡长安豪富人

---

① 橐驼:就是骆驼。橐,没底的布袋。因为郭氏背部隆起,像一只布袋一样,所以人家叫他郭橐驼。
② 病偻:俯着身子,脊椎骨朝上。"病偻"就是患了驼背的病。
③ 隆然伏行:隆,高,突起。伏行,弯身对着地走路。
④ 有类:有点像。
⑤ 名我固当:这样称呼我本来就很恰当。名,当作动词用。
⑥ 长安:唐朝的京都,就是现在的陕西省西安市。

为观游①及卖果者,皆争迎取养。视驼所种树,或移徙,无不活;且硕茂②,蚤实以蕃③。他植者,虽窥伺④效慕,莫⑤能如也。

有问之,对曰:"橐驼非能使木寿且孳⑥也,能顺木之天,以致其性焉尔。凡植木之性,其本⑦欲舒,其培欲平⑧,其土欲故,其筑欲密⑨,既然已,勿动勿虑⑩,去不复顾。其莳⑪也若子,其置也若弃,则其天者全,而其性得矣。故吾不害其长而已,非有能硕而茂之也;不抑⑫耗其实而已,非有能蚤而蕃之也。他植者则不然:根拳⑬而土易⑭;其培之也,若不过焉,则不及。苟有能反是者,则又爱之太殷,忧之太勤。旦视而暮抚,已去而复顾。甚者爪其肤以验其生枯,摇其本以观其疏密,而木之性日以离矣。虽曰爱之,其实害之,虽曰忧,其实仇⑮之。故不我若⑯也,吾又何能为哉?"

问者曰:"以子之道,移之官理,可乎?"驼曰:"我

---

① 观游:观赏,游玩。
② 硕茂:大而茂盛。
③ 蚤:早。实:结实。以:而且。蕃:多。
④ 窥伺:偷看。
⑤ 莫:没有人。
⑥ 孳:同"滋",茂盛。
⑦ 本:根。欲舒:要求它舒展。
⑧ 培欲平:培植要求其平均。
⑨ 筑欲密:椎筑要求其坚密。
⑩ 虑:忧虑它活不了。
⑪ 莳:种。
⑫ 抑:抑制,压制。耗,损害或消灭。
⑬ 根拳:根拳曲而不能舒展。拳,曲的意思。
⑭ 土易:换了别的地方的泥土。
⑮ 仇:把它当仇人,害它。
⑯ 不我若:不如我。因为是否定句,文言中习惯倒装。

知种树而已，官理非吾业也。然吾居乡，见长人者①，好烦其令，若甚怜焉，而卒以祸。旦暮，吏来而呼曰：'官命促尔耕，勖（xù）②尔植，督尔获，蚤缫（sāo）③而绪，蚤织而缕④，字⑤而幼孩，遂⑥而鸡豚！'鸣鼓而聚之，击木而召之。吾小人辍飧饔⑦以劳（lào）⑧吏者，且不得暇，又何以蕃⑨吾生而安吾性邪？故病且怠。若是，则与吾业者，其亦有类乎？"

问者曰："嘻⑩，不亦善夫⑪！吾问养树，得养人术。"传其事以为官戒也。

【译述】

郭橐驼，不知道原来叫什么名字。他有驼背的毛病，走路的时候，背上凸起一大块，脸朝着地面，有点儿像骆驼的样子，所以乡里的人就给他取了一个外号，叫作"橐驼"。他听到了以后说："很好！这样子叫我，实在很恰当。"于是他就不用自己原来的名字，也叫自己"橐驼"了。

---

① 长人者：治理人的人，指官吏。
② 勖：勉励。
③ 缫：同"缲"，抽茧成丝。
④ 缕：布。
⑤ 字：养育。
⑥ 遂：长，养大。
⑦ 飧饔：熟食。早上的叫饔，晚上的叫飧。
⑧ 劳：慰劳，接待。
⑨ 蕃：昌盛。
⑩ 嘻：笑，也可作赞叹声。
⑪ 夫：通"乎"。

第二章 柳宗元文选

　　他的家乡叫丰乐乡,在长安西边。他以种树为职业,在长安这一带,只要是有钱有势的人家,为了游玩观赏而需要树木的,还有卖水果的人,都争先接他到家里去,并且好好地款待他。看他所种的树,有的移植到别的地方去,没有不活的,而且长得很高很茂盛,果子结得既早又多。别的种树的人,就是偷偷地观察,想学习他种树的方法,也没有哪一个人能够比得上他。

　　有人问他为什么,他回答道:"我并没有什么秘诀,能够让树活得很长久,长得很茂盛,只不过是顺着树的天性,让它尽量地发展罢了。种树的要诀是顺着树的本性:根要舒放,培土要匀,根上要多带旧土,种好以后,四周的土要踩得紧紧实实的。一切都弄好了以后,就不要再去动它,忧虑它,自己走开,不再回头去看它。种它的时候,很小心,好像照顾自己的孩子一样。种好了,就把它搁在一边,就像把它抛弃了似的。这样它的天性就可以保全,而且可以自由发展了。所以我不过是不妨害它的生长罢了,并不是有什么秘诀能使它长得很高大,很茂盛;不过是不压制不损伤它的果子罢了,并不是有什么诀窍能使果子结得早,结得多。别的种树的人,跟我不一样,他们使树根弯曲着,根上的旧土也换成了新的,培土的时候,不是土太多就是太少。如果有人不是像这样粗心乱来,又往往爱得太周到,担心得太过分,早晨去看,晚上去摸,走开了又回头去瞧瞧,甚者还抓破树皮,好查验它的死活,摇摇树根,试试泥土的松紧。这样一来,树的本性就一天天地消失了。说是爱它,其实是害它,说是惦记它,其实是把它当仇人。所以他们比不上我,我又哪里有什么特别的才能呢?"

　　问他的人又说:"把你的办法运用到政治上,行不行?"橐驼说:"我只懂得种树,政治我可是外行。但是我住在乡村里,看见那些做官的,老是喜欢左发一个命令,右发一个命令,好像很怜爱老百姓,结果却给他们带来了灾祸。早晚都有指导人员跑来叫道:'政府命令我来催你们耕田,鼓励你们种植,督促你们收获。要你们早些抽丝,早些织布。要好好地抚育你们的小孩,把你们的鸡和小猪都饲养好。'一会儿敲鼓聚合老百姓,一会儿又打梆子召集大家。这样我们这些做小老百姓的,就是不吃早餐晚饭,来慰劳、接待这些官员,还忙不过来呢,又怎么能增加生产,过自在安乐的日子呢?所以疲劳痛苦得很。像这种情况,跟我所从事的种树工作,不是有点儿相像吗?"

发问的人笑着说:"这岂不是太好了吗?我问怎么种树,结果却知道了治人的方法。"所以我替郭橐驼写这篇小传,好作为那些官员的参考,使他们有所警惕。

【赏析】

本文的体裁属于传状类,用现在的说法,就是传记。

中国的传记一向都偏于短篇,而且差不多都是正史的一部分,独立的传记大概到魏晋以后才逐渐发展起来。像陶渊明的《五柳先生传》就是一篇很有名的自传。自传中最长的一篇,大概该推苏辙的《颍滨遗老传》了,它一共有两万多字。有些小传,传主是小人物,乍看似乎不值得为他写传记,但是仔细看去,才知道那是一篇别有寄托的文章,简直跟寓言差不多。韩愈的《毛颖传》是一个例子,本篇也是。

柳宗元在本篇里发扬老子"无为而治"的政治哲学,非常透彻,也十分得体。因为所谓"无为",并不是"什么也不做"的意思，而应该是"该做的就做，不该自己做的就让别人或部下做，根本没有必要做的就不做"。种树和治理国家，都是一样的道理。不过用种树来说明，似乎更具体，更清晰罢了。

全文一共分成五段：

第一段叙述郭橐驼这个绰号的由来。由"甚善！名我固当"，这两句话里，已经可以看出他的一部分性格和人生观：随和，顺应自然。这跟全文的主旨是有密切关系的。

第二段记述郭橐驼善于种树的情形，以及其他人对这件事的反应——"争迎取养""窥伺效慕"，把他的"不平凡"的身份烘托出来：他虽然只是一个种树的专家，却已经不愧为一个成功的人物了。正因为这样，他在下面所说的话才更容易使人相信。

第三段是本文中最长的一段，也是表面上的重心所在。他怎么种树？为什么比别人成功？原理和细节都在他自己的回答中交代清楚了。"顺木之天以致其性"是原理，也就是我在前面所说的"顺应自然"。"其本欲舒"以下四句，便是细节，连用四个四字句，简洁有力，给人很深的印象。下文在"既然已"之下又连用两个四字句，文势强劲，使读者有一种理直气壮的感觉，同时作者也已兼顾到节奏上的变化。后半再说其他种树人做法上的错误，一方面是对照性的写法，一方面也为下一段埋下伏笔。

第四段才是本文真正的重心：爱民和扰民，有时候只相差一点点。譬如一个热爱丈夫的妻子，成天纠缠着丈夫，使他连工作都不能好好地做，那不是反而害了他吗？所以郭橐驼只用"若是，则与吾业者，其亦有类乎？"三句话作结论，比照上一段，言外之意已经昭然若揭了。此外，"勖尔植"等三字句，和"蚤缫而（通'尔'）绪"等四字句的配合运用也很成功，可以媲美韩愈在这方面的成就。

第五段说出作传的动机,也正好为全文作一总结。

其实文中的问答,很可能部分是作者假设的,主要是为了达成寓言文章的目的。

这篇文章虽然寄托着很深远的意义,但写来很有趣味,使人如历其境,如见其人。尤其第四段描写那些地方官吏的嘴脸,完全用对话表现,真可说是入木三分。

始得西山宴游记

自余为僇(lù)①人,居是州,恒惴栗②。其隙(xì)③也,则施施(yí)④而行,漫漫⑤而游。日与其徒上高山,入深林,穷回溪⑥;幽泉怪石,无远不到。到则披草而坐,倾壶而醉;醉则更相枕以卧,卧而梦,意有所极⑦,梦亦同趣⑧。觉而起,起而归。以为凡是州之山水有异态者,皆我有也,而未始知

---

① 僇:通"戮"。"僇人",本来是说不完整的人,残疾的人,在本文里指受贬谪的人。
② 惴栗:害怕。
③ 隙:空暇,空闲。
④ 施施:慢慢走的样子。
⑤ 漫漫:放任地,自在地。
⑥ 回溪:曲折的溪水。
⑦ 极:至,到。
⑧ 趣:趋,向。

西山①之怪特。

今年九月二十八日，因坐法华西亭②，望西山，始指异之。遂命仆过湘江③，缘染溪④，斫榛莽⑤，焚茅茷⑥，穷山之高而止。攀援而登，箕踞⑦而遨⑧，则凡数州之土壤，皆在衽⑨席之下。其高下之势，岈（xiā）然⑩洼然⑪，若垤（dié）⑫若穴，尺寸千里，攒⑬蹙累积，莫得遁⑭隐。萦⑮青缭⑯白，外与天际⑰，四望如一。然后知是山之特立，不与培塿⑱为类。悠悠⑲乎与灏气⑳俱，而莫得其涯，洋洋㉑乎与造物者游，而不知其所穷。

---

① 西山：在湖南省零陵县西，隔河二里，由朝阳岩起到黄茅岭北，长好几里。
② 法华西亭：在县城东的法华寺中，宋朝改名叫万寿寺。
③ 湘江：湘江经永州西十余里。
④ 染溪：在永州西一里，水色蓝。
⑤ 斫：砍。榛：丛树。莽：丛草。
⑥ 茷：通"茇"，草根。
⑦ 箕：伸开两脚，像畚箕一样。踞：坐。
⑧ 遨：游戏。
⑨ 衽：卧席，被单。
⑩ 岈然：山深的样子。
⑪ 洼然：深广的样子。
⑫ 垤：蚂蚁窝。
⑬ 攒：聚。蹙：促迫。
⑭ 遁：逃避。
⑮ 萦：旋绕。
⑯ 缭：缠。
⑰ 际：合。
⑱ 培塿：小阜，小土山。
⑲ 悠悠：遥远的样子。
⑳ 灏气：浩气，广阔的天空气象。
㉑ 洋洋：广大。

引觞满酌,颓然就醉,不知日之入①。苍然暮色,自远而至,至无所见,而犹不欲归。心凝②形释③,与万化冥合④。然后知吾向⑤之未始游,游于是乎始,故为之文以志⑥。

　　是岁,元和四年⑦也。

【译述】

　　自从我被贬,来到本州,心里一直很惶恐。有空的时候,就缓缓地散步,潇洒地出行。每天跟我的亲信登上高山,进入深林,走近曲折的溪水。不管是幽僻的泉水,还是奇怪的大石,也不管路有多远,我差不多都走到看到了。到了一个地方,就坐在草地上,由酒壶里斟出酒来,一直到喝醉为止;醉了以后,就彼此拿别人的身子当枕头,躺在一起,睡着了就做梦。心意所到,梦里也会出现同样的情境。睡醒了就站起来,然后回家。我心中以为这一州里所有姿态不寻常的山水,都已经属于我了,可是我还不知道西山的奇特。

　　今年九月二十八日,因为坐在法华寺的西亭里,偶然望见西山,才指指点点的,感到惊讶。于是带了仆人渡过湘江,沿着染溪,砍断沿途的丛树丛草,烧掉一些茅草,一直到西山的顶峰。

---

① 日之入:太阳西下,黄昏的时候。
② 心凝:意识安定。
③ 形释:忘我。
④ 冥合:合而为一。
⑤ 向:以前。
⑥ 志:通"誌",记。
⑦ 元和四年:公元809年,柳宗元正在永州做官。

第二章　柳宗元文选

我们攀爬着上了山峰，像畚箕一样地坐着，心旷神怡地欣赏风景：只见附近几州的土地，都在我们所坐所躺的地方下边。西山高高低低的形势，十分幽深，像蚁窝，像洞穴，一尺一寸都好像蕴藏了千里之远，紧紧地聚集在一起，完全没法隐避。四周萦绕着青翠的山、白色的云，外边又跟天空合一，四面望去，简直分辨不出哪儿是山，哪儿是天。这才知道这座山的特立不群，不跟小土山为伍。神态悠远，跟天空的浩气并存，而看不到它的边际；形体广大，跟老天相交游，而没有人知道它的尽头。

大家举起酒杯，倒满了酒，喝得东倒西歪，也不觉得太阳下山了。苍灰的暮色，由远处推展到近处，一直到什么都看不清楚了，还不想回去。心神安宁，进入忘我的境界，和宇宙万物合而为一。这才知道我以前并没有真正的游山玩水，今天才是游玩的开始。所以特地写这篇文章，把经过记下来。

今年是元和四年（809）。

【赏析】

本文是一篇游记，属于记述文。

柳宗元是中国古代的大游记家之一，可以和后来明末的徐霞客媲美（作者曾有《读徐霞客游记》一文，收在台湾商务版的《中国文学散论》中，可以参看他的游记简洁而有力，又能给人一种幽冷的感觉，正好跟他热情的个性形成一个有趣的对比。我们未尝不可以说，它们是冷中有热的妙品。

本文分四段：

第一段写柳宗元到永州做官以后，四处游山玩水，但一直没注意到西山的奇特。他特地把游西山前的宴游写得酣畅淋漓，以反衬下文。末句才透出一点消息，伏下以后种种情景。

第二段以平淡闲适的笔调，好像不经意地写到本题的正面——"始得西山"的经过。这一"始"字，正好与上一段的"未始"相呼应。至于刻画西山的美妙形态，更一连用了八个四字句，尤其"萦青缭白"以下三句，更是气象雄伟悠远，可说是神来之笔。

第三段再写上了西山的人的行止感受：酣醉、日入、暮色渐至，于是忘我入神，真正达到了天人合一的境界。尤其写暮色的由远而近，更是微妙到了极点。最后又以"知吾向之未始游，游于是乎始"回还反顾，照应了第一段末和第二段的开始，结构真是完密。

第四段补述时间——年代，因为月日已经在第二段交代了。这一笔法，可以帮助读者把紧张专注的心思放松下来。

清人何义门认为，这篇文章不只描写景物十分工巧，还寄寓着言外之意。它的言外之意是什么？该是拿来象征人生的境界：所谓"一山更比一山高"。人生的追求是永远没有止境的。当柳宗元自以为"凡是州之山水有异态者，皆我有也"的时候，他其实是落在"自满"的陷阱里。一直到他游赏了西山的美景，感受到"与万化冥合"的境界，才算是真正的领悟了人生的真谛。

钴鉧潭记

钴鉧（gǔ mǔ）潭①在西山西。其始盖冉水②自南奔注③，气抵山石，屈折东流。其颠④委势峻，荡击益暴⑤，啮⑥其涯，故旁广而中深，毕⑦至石乃止。流沫成轮⑧，然后徐行。其清而平者，且⑨十亩。有树环焉，有泉悬焉。

其上有居者，以予之亟（qì）⑩游也，一旦款⑪门来告，曰："不胜官租私券⑫之委积⑬，既芟（shān）⑭山而更居，愿以潭上田，贸⑮财以缓祸。"予乐而如其言⑯。

---

① 钴鉧潭：钴鉧，熨斗。钴鉧潭在永州西五里，是冉溪的水流所汇集，在西山西麓，形状像熨斗。
② 冉水：一名冉溪，在零陵县西南。
③ 注：灌。
④ 颠：顶。颠委，就是源委，但这里只取"源"的意思，"委"字的意思从略，就像"得失"往往只取"失"字的意思一样。
⑤ 暴：疾，急剧。
⑥ 啮：咬，侵蚀。
⑦ 毕：终，最后。
⑧ 轮：通"沦"，水受了小风，形成水纹，转动如车轮。
⑨ 且：将近，差不多有。
⑩ 亟：几次，再三。
⑪ 款：叩，扣，敲。
⑫ 私券：私人契据，借据。
⑬ 委积：积了少数叫委，积了很多叫积。这里只取"积"的意思。
⑭ 芟：除草。
⑮ 贸：买。
⑯ 如其言：照他的话做。

则崇其台，延①其槛，行其泉，于高者而坠之潭，有声潈（cóng）②然。尤与中秋观月为宜③。于以见天之高，气之迥④。孰使予乐居夷⑤而忘故土者？非兹潭也欤⑥？

【译述】

钴鉧潭在西山的西边。最初是冉溪从南方奔流而来，遇到山石阻挡，便折过去改向东方。它的源头形势高峻，冲击得很急剧，侵蚀了它的边缘，所以四周广大而中间特别深，一直到碰到石头为止。水沫先变成轮子的形状，然后又慢慢往前流。清而平的部分，将近十亩。周围有树木环绕，有泉水悬落。

潭边有一户住家，因为我再三去那儿玩，有一天早上特地来敲我家的门，告诉我说："官租和私人的借据已经积了好多，我实在负担不了了，现在已经在山上除了草，搬过去住了。我愿意把潭边的田地卖给你，好还债免祸。"我很高兴，就照他的话做了。

买了那块地以后，我就建筑高台，延长栏杆，让高处的泉水流入潭中，发出潈潈的声音。这风景尤其适合中秋赏月。在这环境里，可以看到天庭的高阔，秋气的悠远。是谁使我有隐居蛮荒

---

① 延：延长。
② 潈：两水相会合，小水流入大水流。
③ 尤与中秋观月为宜：十亩清潭上面，有一轮明月，冷月照寒波，寒波映冷月。于是月亮的高寒，因为潭水而更显著；潭水的幽冷，也因为月光而更清逸。世间最清幽冷寂的美景，只有在这种环境里才能领略。
④ 迥：远。
⑤ 居夷：《论语·子罕》有"子欲居九夷"。想隐居的意思。
⑥ 欤：吗。

而忘记故乡的心思的？岂不是这个钴姆潭吗？

【赏析】

　　这篇记述文，可说介乎游记与家居记之间，因为照文章里所说的，钴姆潭实际上等于成了他的私产——他在潭边造了一幢别墅式的高台。

　　在柳宗元的《永州八记》里，这一篇是紧跟着《始得西山宴游记》而来的，但是若就本文单独而论，可以说是破空而来："钴姆潭在西山西"一句，简练干脆，开门见山。接着正面刻画钴姆潭的形状、源流、面积和特色，每一笔都好像砍削过、提炼过的，把那幽冷的意境渲染得很生动。

　　第二段写买潭的经过，古朴简洁。主要是记卖潭人的话。但"贸财以缓祸"这句话，似乎也为全文铺设了一个背影。

　　第三段是本文的精华。先叙述作者修整潭边建筑的情况，接着描写潭的神态，而不是细写潭上的景色。最精彩的是："……于以见天之高，气之迥。"上句说到潭边最宜中秋赏月，是因为月光和潭水互映，高寒、幽冷，两两成趣；这两句是更进一步细写潭的精神：秋天浓云都散，万里如洗，所以只觉得天空特别高；草木零落，稻稼都已收割，大地显出一片萧条的景象，远远望去，毫无阻隔，所以觉得秋气特别辽远。但是这两种境界，一天到晚在世俗里追逐名利的人是完全没法体会的，一定要到这样幽冷的地方来静坐静赏，才能领略，所以要写出"于以见"三个字。不管是中秋的月色、天空的高旷、秋气的悠远，都不是潭本身的景物，但是必须有潭水的幽冷，才能衬托出它们的清逸美妙，所以说这是写潭的精神，而不是写它的外表。

最后则写到作者抑郁难说的情怀，在凄凉中有安慰。柳宗元才高志大，现在却被远贬在荒僻的地方，心情自然是非常悲凉忧闷，没有一天不思念故乡和京都，极少快乐的事情。但这么寂寞的一颗心，却遇上了这么幽冷的景象，正像在茫茫人海中，本来没有知音，忽然碰到一个同病相怜的人，在悲伤忧愁之中，得到一些安慰。也就靠了这一时的安慰，暂时忘记羁旅的悲愁。可是仔细想想看：这种快乐，又岂是衷心的快乐呢？不过是在涕泪中暂展愁眉，在伤心的底色上，涂抹上一些快乐的碎点罢了。

这种以乐衬哀的写法，最曲折，也最深沉，有心人读来，难免会泪随声下，凄楚不已。

钴𨯁潭西小丘记

得西山后八日，寻山口西北道二百步，又得钴𨯁潭。西二十五步，当湍①而浚②者为鱼梁③。梁之上有丘焉，生竹树。其石之突怒④偃蹇⑤，负土而出，争为奇状者，殆不可数：

---

① 湍：河水回流的地方。
② 浚：深。
③ 鱼梁：堰石障水，中间是空的，可以让鱼虾往来。
④ 突怒：石头突出，像发怒的样子。
⑤ 偃蹇：偃，仆下。蹇，不正。

其嵚(qīn)然①相累②而下者,若牛马之饮于溪;其冲然③角列④而上者,若熊罴⑤之登于山。

丘之小⑥,不能一亩,可以笼而有之⑦。问其主,曰:"唐氏之弃地,货⑧而不售⑨。"问其价,曰:"止四百。"余怜而售之⑩。李深源、元克己⑪时同游,皆大喜,出自意外。即更取器用,铲刈秽草,伐去恶木⑫,烈⑬火而焚之。嘉木立,美竹露,奇石显。由其中以望,则山之高,云之浮,溪之流,鸟兽之遨游,举⑭熙熙⑮然回巧⑯献技,以效兹丘之下。枕席而卧⑰,则清泠之状与目谋⑱,潜潜(yíng)⑲之声与耳谋,悠⑳然而虚者与神谋,渊然㉑而静者与心谋。不匝㉒旬而得异

① 嵚然:石头耸立的样子。
② 相累:层层相叠。
③ 冲然:向前冲的样子。
④ 角列:兽角排列的样子。
⑤ 罴:就是人熊,身体比熊大。
⑥ 丘之小:小丘在零陵县西。丘,小土山。
⑦ 笼而有之:占有它很容易的意思。笼,用笼子罩住它。
⑧ 货:卖。
⑨ 售:卖掉,有人出价买下。
⑩ 怜而售之:同情它没人买,付钱买下。
⑪ 李深源、元克己:两人都是柳宗元的朋友。
⑫ 恶木:不成材、没有用的树木。
⑬ 烈:猛烈,形容火势。
⑭ 举:全部。
⑮ 熙熙:和乐的样子。
⑯ 回巧:卖弄技巧。
⑰ 枕席而卧:枕石席地躺着。
⑱ 谋:合。
⑲ 潜潜:水声清幽。
⑳ 悠:远。
㉑ 渊然:水很深的样子。
㉒ 匝:满。

地者二,虽古好事之士^①,或未能至焉。

　　噫!以兹丘之胜,致之沣^②、镐(hào)^③、鄠(hù)^④、杜^⑤,则贵游之士^⑥争买者,日增千金而愈不可得^⑦。今弃是州也,农夫渔父,过而陋之。价四百,连岁不能售^⑧;而我与深源、克己独喜得之。是其果有遭乎^⑨?书于石,所以贺兹丘之遭也。

【译述】

　　我发现西山以后的第八天,在山口西北路大约二百步的地方,又发现了钴鉧潭。钴鉧潭的西边,大约二十五步,在那流急水深的地方,是一座石桥。石桥上面,有一座小山丘,长着许多翠竹和绿树。那儿的石头,像发怒一样的突出,像跌倒一般地歪躺,都从地下背着泥土露出来,争着做出各种奇奇怪怪的模样,几乎数也数不清。那些耸立着、一个个叠在一起、对着下面的石头,就好像一群牛马在溪里饮水一样。那些向前冲、一个个像兽角似的排列着、对着上面的石头,就好像一群熊,正向山上攀登一样。

---

① 好事之士:喜欢做优雅的事(像游山玩水)的读书人。
② 沣:陕西省鄠县,现属陕西省西安市鄠邑区。
③ 镐:现在的陕西省西安市长安区西南。
④ 鄠:原称鄠县,现在的陕西省西安市鄠邑区。
⑤ 杜:现在的陕西省西安市长安区东南。
⑥ 贵游之士:贵族人士,上流社会的人。
⑦ 愈不可得:山川和人一样,所处的地位不同,身价便也不一样。小丘如在中原一带,大家一定争购而不容易买到。
⑧ 连岁不能售:一连好几年都卖不出去。
⑨ 果有遭乎:果然有意外的奇遇吗?

第二章　柳宗元文选

　　山丘的面积还不满一亩，好像可以用笼子罩起来，把它占为自己的一样。我去问这个地方的主人，他说这是唐家不要的地方，想卖都卖不出去。"我问他要卖多少钱，那人回答道："只要四百金。"我很同情他，就把小丘买下了。这时候李深源、元克己正和我一起交游，大家都很高兴，因为这是出乎意料的收获。接着大家拿了工具，铲除污乱的杂草，砍掉不好的树木，并用大火焚烧它们。这样一来，那些美好的树木，就都挺立出来了，那些漂亮的绿竹，都暴露出来了，还有那些奇怪的石头，也都显现出来了。从山丘的中央往四周眺望，那山峰高耸，白云飘荡，溪水流动，飞鸟走兽游鱼遨游着，统统都很和乐，好似艺人一样地表演着各种巧妙的特技，在这座山丘下面呈献。以石头做枕头，以大地为床单，躺在那里，眼睛看到的是那清朗的情形，耳朵听到的是那潺潺的水声，精神所接触的，是那种悠远虚空的境界，心灵所感受的，是那种幽雅宁静的情调。前后不到十天的工夫，居然发现了两个奇特的地方，哪怕是古时候那些喜欢游山玩水的人，或许也不能得到这样的好机会吧。

　　唉！要是这个地方的美景移放到长安、鄠县一带去，那么，那些上流社会的人，一定都会争相去购买，每天增加买价千金，反而买不到。现在却被丢弃在这个地方，连农人渔夫经过这里，都不把它当一回事。开价只有四百金，一连好几年都卖不出去。只有我和深源、克己能够很高兴地得到它，这难道真的是什么意外的奇遇吗？我把这篇《钴鉧潭西小丘记》写在石头上，用来庆贺这座小丘遇到了知己。

【赏析】

本文也是游记,有人把它归为杂记,似乎不太合适。

这是《永州八记》的第三篇,主旨是借小丘的终被他和友人赏识,感伤自己被贬谪的不幸遭遇。

全文共分三段:

第一段细写小丘的位置和景物的奇特,因此又可分两小节,前一节到"生竹树"为止。后一节的刻画用排比,运用了"牛马之饮于溪"和"熊罴之登于山"两个比喻,不但同是动物(各两种),而且把原来是静态的山丘,写成了虎虎有生气的动态,甚至在动词形容词的使用方面,也很特殊:"冲然"是动物往前冲的样子,"角列"是牛羊的角排列的样子(另一种解释说:角,是倾斜的样子,其实仍跟牛羊的角的形态有关)。

第二段叙述买小丘的经过及它的美景,又可分两小节:第一节到"奇石显"为止,把整修的过程和大致结果也写出来了。第二节写小丘的美好景象,以及它和作者的精神如何合而为一。这一部分写得尤其出色,空灵悠远,意境超逸,使人有如身临其境,因而神清气爽,忘掉生活里的一切烦恼。前面说到山、云、溪和鸟、兽、鱼,但一接触到作者本身的精神,便只承续山、云、溪的风光感受,而略去了鸟、兽、鱼,因为人已经代替了它们的地位。这种笔法,可说是又错综又自然。最后一大句话:"不到十天就发现了两个奇特的地方……"乍看好像是随手收结的话,其实正是呼应第一段"得西山后八日……"的。可见柳宗元的小品文也是那么的结构紧密。

第三段写小丘不受人重视的情形。它的关键完全在于所处的

第二章　柳宗元文选

地位，所以这正好是像作者这样被放逐在外的人的写照。不过最后说到小丘终于遇到他和两位好友把它高高兴兴地买下来，可说是得到了知音，不像他自己，仍旧流落在蛮荒地带，没有出头的日子。两个"遭"字，形成很委婉的对比，其中有庆幸，有惋惜，也有哀伤，那情感是非常复杂的。

柳宗元的《永州八记》，差不多每篇都有言外之意，不是表现一种人生境界，就是发泄他被贬逐的郁闷心情，而且往往把这两部分表达在同一篇作品里，本文就是一个很好的例子。

本文写得情景交融，物我合一，好像那些山、云和溪水，都和作者分不开了。写景用的笔墨很简洁，这样才更能把山水和人物的精神显豁出来。末尾用一"贺"字，就跟《钴鉧潭记》末了用一"乐"字的作用一样，是用喜悦的口吻写照忧愁的心情，是用反笔衬托正面的意思，使读者慢慢地体会出来，反而觉得格外凄凉。

第三章 欧阳修文选

第三章　欧阳修文选

　　欧阳修是宋朝古文运动的领袖，他在北宋文坛上的地位，跟韩愈非常相像，而且他也喜欢韩愈的文章，走的路线也几乎跟韩退之一样，说到他的影响力更不会落在退之后面。

　　欧阳修字永叔，吉州庐陵（现在的江西省吉安市）人。宋真宗景德四年（1007）生于四川绵州（现在的四川省绵阳市），卒于神宗熙宁五年（1072）闰七月二十三日。

　　欧阳修的父亲欧阳观死于泰州（现在的江苏省泰州市）推官任上，那时候欧阳修才四岁，母亲郑德仪也通晓诗书，亲自用芦荻画地教他学书。欧阳修天资很高，读书一遍就不会忘记，后来又向邻家借书苦读。十岁的时候，在邻家屋角的破竹篓里，发现了韩愈遗稿残本（不完全的本子）六卷，翻读几篇以后，爱得不肯放手，从此便有了拿韩愈做榜样的大志。

　　仁宗天圣八年（1030），欧阳修考中了进士，担任秘书省校书郎，第二年调任西京（洛阳）留守推官，认识了钱惟演、尹洙、梅尧臣等文人。后来又入朝做馆阁校勘，并参加《崇文总目》的编辑。接着又调任乾德（旧名光化县，现在的湖北省老河口市）县令等官职。景祐四年（1037），出使河东，担任河北都转运按察使。

　　庆历年间，一向怀着"先天下之忧而忧"的抱负的范仲淹，正担任天章阁待制权知开封府尹，他为人公正廉明，政绩很好，为世人所敬佩。因为宰相吕夷简培植私人势力，有许多不利国家的行为，所以毅然向皇帝献上"百官图"，直截了当揭发他。吕夷简便反过来指责他离间君臣情感，谏官高若讷也附和宰相。欧阳修激于正义感，便写信给高若讷，责备他"不知羞耻"。高若讷告到仁宗皇帝那儿，就把欧阳修贬做夷陵（现在的湖北省宜昌市夷陵区）县令。

庆历五年（1047），欧阳修又上疏论朋党，为范仲淹辩护，再度被诬陷，而贬为滁州（现在的安徽省滁州市）知州。他在那儿建醉翁亭，自号醉翁。接着又调扬州、颍州（现在属安徽省阜阳市）等地。他可说是"庆历改革"的重要分子之一。

仁宗皇祐元年（1049），欧阳修任翰林学士，奉命修《唐书》。二年出使契丹，因为他名望已经很高，很受契丹的礼遇，使两国顺利的修好邦交。嘉祐二年（1057），主持礼部贡举，也就是做了大考官。正好他在提倡简净明白的古文，而对当时奇怪晦涩的文体非常讨厌，决心趁这个机会把风气扭转过来。于是在阅卷的时候，使文字怪僻的考生都落榜不取，当时曾引起很多人的攻击，但他始终坚持原则，终于使坚实平易的古文通行一时。

嘉祐三年（1058），欧阳修出任开封府尹，大公无私，升为礼部侍郎，再升枢密副使。六年拜参知政事（等于副宰相），跟宰相韩琦、枢密使包拯和谏议大夫司马光一起革新朝政，成为宋代最好的一段时期。

欧阳修是一个坚持原则的人。英宗在位时，想尊崇他的亲生父亲濮王，引起很大的争论，就是历史上所谓的"濮议"。他站在英宗一边，因为重视人子的孝思而赞成称濮王为"皇考"，不惜遭受许多朝臣的攻击。

神宗熙宁年间，欧阳修升任刑部尚书，出知亳州、青州、蔡州等地。四年六月，以观文殿学士太子少师身份退休，以后就住在颍州，一直到死。

欧阳修一生提拔了很多人才，像王安石、司马光、三苏、曾巩等。

第三章　欧阳修文选

　　他的古文典雅温婉，但在柔婉中不时透出阳刚之气，而且善于创新，能够巧妙地运用平常的虚字，而造成很新鲜的效果。他的文章也注意结构的技巧，譬如《醉翁亭记》《真州东园记》等，便是他自己独创的写法，他的儿子欧阳发说"以前从来没有这种文体"。

　　他在写古文的时候，比他写诗、写词更细心，更下功夫。他虽然也是一位有名的诗人，但是有时心血来潮，写的诗就比较随便，写文章则每次都非常谨慎，哪怕写一张小便条，也要先打草稿，写好了还一再推敲、修改。刚写成的文章，往往贴在墙壁上，然后坐着或躺着，眼看着那篇文章，想法子修改得十全十美，然后才拿给别人看。

　　有一次他写了一篇《相州昼锦堂记》，修改了以后，派人送给韩琦，送出去以后，忽然想到其中有两句"仕宦至将相，富贵归故乡"还不够好，于是再加修改。隔日又写定一份修订稿给韩琦，其中把那句改成"仕宦而至将相，富贵而归故乡"，这才满意。加了两个"而"字以后，文章的气势更足了。由此可见，欧阳修写文章是多么仔细和慎重。他平常待人有随和亲切的一面，但写起文章来，却始终那样地严肃，而且主张文章要能够宣明道义，对国家人民有实际的用处。著有《欧阳文忠公集》《毛诗本义》《集古录》，自修《新五代史》，跟宋祁同修《新唐书》。

纵囚论

信义行于君子，而刑戮施于小人。刑入于死者，乃罪大恶极，此又小人之尤甚者也。宁以义死，不苟①幸生，而视死如归，此又君子之尤难者也。

方唐太宗②之六年，录③大辟④囚三百余人，纵⑤使还家，约其自归以就死⑥。是以君子之难能，期小人之尤者以必能也。其囚及期，而卒自归无后者⑦，是君子之所难，而小人之所易也。此岂近于人情哉？

或曰："罪大恶极，诚小人矣。及施恩德以临之，可使变而为君子，盖恩德入人之深而移人之速，有如是者矣。"

曰："太宗之为此，所以求此名也。然安知夫纵之去也，不意其必来以冀免⑧，所以纵之乎？又安知夫被纵而去也，不意其自归而必获免，所以复来乎？

---

① 苟：苟且，随便。
② 唐太宗：唐高祖的次子，名世民，唐代第二位皇帝，在位时为唐之盛世，号称"贞观之治"。
③ 录：登记在名册里。
④ 大辟：大刑，指死刑。
⑤ 纵：释放，放走。
⑥ 就死：接受死刑。
⑦ 其囚及期，而卒自归无后者：那些放出去的囚犯，到了该回来的时间，都自己回来了，没有一个迟到的。
⑧ 冀免：希望免罪。

"夫意其必来而纵之,是上贼下之情①也;意其必免而复来,是下贼上之心②也。吾见上下交相贼③,以成此名④也,乌有所谓施恩德⑤与夫知信义⑥者哉?

"不然,太宗施德于天下,于兹六年矣⑦,不能使小人不为极恶大罪。而一日之恩,能使视死如归而存信义,此又不通之论也。"

然则何为而可?曰:"纵而来归,杀之无赦⑧;而又纵之,而又来,则可知为恩德之致尔。然此必无之事也。

"若夫纵而来归而赦之,可偶一为之尔。若屡为之,则杀人者皆不死,是可为天下之常法乎?不可为常者,其圣人之法乎?是以尧、舜、三王之治,必本于人情;不立异⑨以为高,不逆情以干誉⑩。"

【译述】

对君子,要讲信义,而刑罚是用在小人身上的。一个人犯法,

---

① 上贼下之情:贼就是盗,私取、探取。在上的人,揣摩那些囚犯一定会回来,这就等于小偷强盗取人东西一样,是私下探索在下者的心理。
② 下贼上之心:在下的囚犯,探取在上者的心意。
③ 交相贼:互相探取心意心理。
④ 成此名:成全纵囚的美名。
⑤ 施恩德:指赦免那些囚犯的死罪。
⑥ 知信义:指囚犯们如期回来。
⑦ 于兹六年矣:指从贞观元年到贞观六年纵囚的时期。
⑧ 无赦:不赦免他们的罪。
⑨ 立异:树立不合常理的法律。
⑩ 逆情干誉:违背人情,博取美好的名誉。

到了被判处死刑的地步，一定是罪恶很大，达到极点，这又是小人里头特别坏的。宁愿为了正义而死去，不肯随便侥幸地活着，并且把死看作好像回家一样，这又是君子里头特别难得的。

　　唐太宗贞观六年（632）的时候，在名册上登记判处死刑的囚犯，一共有三百多个人。唐太宗下命令放他们回家去，跟他们约定，到时候自动回来接受死刑。这是拿君子所难做到的事，希望那些特别坏的小人一定要做到。后来那些囚犯到了约定的日子，果真都自己回来了，连一个迟到的都没有。这简直是君子所难做到的事，而小人却很容易地做到了。这难道是近于人情的事吗？

　　有人说："罪大恶极，当然是小人。但是用恩德去对待他们，也可以使他们变成君子；原来恩德对人心影响的深刻，改变人的速度之快，竟到了这种地步。"

　　我说："唐太宗做这件事，为的是求取布施恩德的美名。可是，我们哪里能知道：太宗释放他们回家时，心里没有这样想：'他们希望获得赦免，因此一定会回来。'所以才放了他们呢？我们又哪儿能知道：那些囚犯被放回去的时候，他们没有想到'我自动回去，一定会获得赦免'，所以才又回来的呢？

　　"预料他们一定会回来，因此才把他们放了，这是在上的人揣摩底下人的心理，预料自己一定可以获得赦免，所以才回来，这是底下人揣摩上面的人的心理。我只看到在上的人和底下的人互相揣摩心理，因此才造成这种美好的名声，哪里谈得上什么施恩德和讲信义呢？

　　"如果不是这样，那么太宗施恩德给天下的人，到那个时候已经六年了，仍不能使小人不做罪大恶极的事。可是一天里的恩德，却能使他们把死看作好像回家一样，而且心里存着信义的观念,这根本是说不通的。"

这样说来,到底要怎么做才好呢?我说:"放他们回去,他们回来了以后,照样杀掉他们,决不赦免。以后再释放囚犯,他们仍旧回来了,那就可以知道:这是布施恩德的好结果。不过,这是不可能的事情。

"至于放他们回去,他们再回来,就马上赦免他们,这种事情,只可以偶然试做一次。如果屡次这样做,那么杀了人而犯死罪的人都可以不死,这难道可以成为天下的常法吗?不可以做常法的,哪里是圣人的法令呢?所以唐尧、虞舜和夏商周三代的天子治理天下一定根据人情,不标奇立异来表现自己的高尚,不违背人情来博取名誉。"

【赏析】

这是一篇论说文。

贞观六年(632),唐太宗下令释放了死囚三百九十人,在没有人监督的情况下,让他们自己回家,约定明年秋天回来就刑(古时执行死刑都在秋天)。七年九月时,所有的死囚都自动回来了,太宗很欣慰,就完全赦免了他们。这在历史上是一件很特别的事,一般人都以此赞美太宗的仁德感化了坏人。可是欧阳修从深处思考这件事,表示出不同的看法。主旨在于:治国应合乎人情事理,不应该标新立异、博取额外的声誉。

全文可分八段:

第一段是一个泛论,讨论天下一般君子、小人的不同。这是论说文的一种作法:先就大处说起,或从普遍的道理说起。起头的两句信义行于君子，而刑戮施于小人。"已经把全文的主题暗暗扣住，而且几乎连结论也点到了，真是大家手笔。

第二段先叙述唐太宗纵囚的经过，然后紧接着上段的议论，说出作者对这件事的初步意见：不近人情。他虽然用反问的口吻来说，态度其实是很坚定的。"是以君子之难能，期小人之尤者以必能也"和"是君子之所难，而小人之所易也"，一开一阖，一呼一应，文章很有法度。

第三段假设有人说话，把一般人对这件事的看法写出来：认为这是太宗施恩德的良好效果，是潜移默化的成就。其实这是一个很脆弱的想法。

第四段立刻以他本人的口吻说出自己的一些怀疑：太宗只为了求名，太宗心里的想法，囚犯们心里的想法。他先用肯定句，再用两个反问句，句法的变化使疑问的效果更加突出。

第五段是紧承上段来加以分析、发挥：心里既揣摩对方的心意，不管施恩德也好，讲信义也好，那就都是虚伪的了。欧阳修有意用了一个强烈的动词"贼"，而且一连用了三次，来表现他对这件事的反感。

第六段更逼近一层：以恩德感化人，应该是较长时间内的事，六年没有成功的，一两天里就做得到吗？这里改用肯定句作结论。

第七段是正面提出他认可的一种做法：其实这是一种迁就"纵囚"这件事的做法，而最后的结论是：行不通。换句话说，他以"退一步想"的方式，根本否定了纵囚这种措施。

第八段才是他真正的主张：杀人者该按法律处死刑，不该为任何理由赦免，否则不合人情事理，也无法维持国家的法纪。最后又诉诸权威：拿尧、舜、三王时代来作模范。他批评了唐太宗的做法不对，也等于劝告后代的君王不要学太宗，要一切按照情、理、法来治理国家。

这篇文章层次分明，有条不紊，值得学习。

不过，在作者讨论的道理当中，还是有一点小小的漏洞。那就是他相当肯定地说：太宗释放囚犯的时候，预料他们会回来以求免罪，囚犯们也预料自动回来可以免罪，这似乎并没有必然性。因为这是太宗第一次纵囚，他原先的目的也许只是想让他们回去跟家人过最后一段日子，赦免他们全体也许是后来心血来潮所做的决定。囚犯有三百九十人，他们又怎么会个个相信准时回来就能赦免呢？这当中，还是跟太宗六年来的仁政有关系。至少我们不相信：在一个政治紊乱、人民生活不安定的时代里，同样的事情也会发生。

不过说到头来，欧阳修的结论还是正确的：

一、纵囚然后赦囚，这种事只能偶尔做一次，让天下的人知道守信的重要。多做了，就会鼓励坏人存着侥幸的心理。

二、从事政治的人，不论古今，都应该通情达理，遵守法律，不应该随便做一些新奇的事，或故意讨好老百姓的事，那样的话，有时候会弄巧成拙，甚至造成不可收拾的后果。

这篇文章教导大家对一个问题要从多方面去看、去思考。

相州昼锦堂记

仕宦而至将相，富贵而归故乡，此人情之所荣，而今昔之所同也。盖士方穷时，困厄①闾里②，庸人孺子，皆得易③而侮之。若季子不礼于其嫂④，买臣见弃于其妻⑤。一旦高车驷马⑥，旗旄（mào）⑦导前，而骑卒拥后，夹道之人，相与骈肩累迹⑧，瞻望咨嗟（jiē）⑨；而所谓庸夫愚妇者，奔走骇汗⑩，羞愧俯伏，以自悔罪于车尘马足之间。此一介之士，得志于当时，而意气之盛，昔人比之衣锦之荣⑪者也。

惟大丞相卫国公⑫则不然。公，相⑬人也，世有令德，为时名卿。自公少时，已擢⑭高科，登显仕；海内之士，闻下风而望余光者⑮，盖亦有年矣。所谓将相而富贵，皆公所宜

---

① 困厄：穷困不得志。
② 闾里：闾，里中门。闾里就是乡里。
③ 易：轻视，看不起。
④ 季子不礼于其嫂：季子，苏秦的字。他是战国洛阳人，游说秦惠王用连横的政策，惠王不听。苏秦弄得旅费也用完了，衣服也破烂了，只好离开秦国回家，嫂嫂看不起他，竟不给他煮饭吃。
⑤ 买臣见弃于其妻：朱买臣是汉武帝时的吴郡（现在的浙江省绍兴市）人，家里贫穷，喜欢读书，自己打柴过活，妻子嫌他穷，要跟他离婚。买臣说："我知道你受苦受了很久了，等我富贵以后会补偿你的。"他妻子生气地说："再跟你待下去，我就会饿死在水沟里了。"买臣留不住她，只好让她离开。
⑥ 驷马：古代用四匹马拉车，两匹服马，两匹骖马，合起来叫驷马。
⑦ 旄：旗杆上有牦牛尾做的旌旗，用来指挥军队的。
⑧ 骈肩累迹：骈肩，并肩；累迹，足迹相重叠，是说人数很多。
⑨ 咨嗟：叹息声，赞叹。
⑩ 骇汗：因为惊骇而出汗。
⑪ 衣锦之荣：衣，动词，穿的意思。锦，有纹彩的丝织品。比喻富贵以后荣归故乡。《汉书·陈胜项籍传第一》："富贵不归故乡，如衣锦夜行。"
⑫ 大丞相卫国公：指北宋名臣韩琦。韩琦字稚圭，相州安阳（现在的河南省安阳市）人。仁宗嘉祐三年（1058），官拜中书门下平章事、集贤殿大学士，就是大丞相。英宗时，加封卫国公。
⑬ 相：相州，包括现在的河南省安阳市等地。
⑭ 擢：拔取，考中。
⑮ 闻下风而望余光者：而，与。听到他的高尚风范而下拜以及瞻仰他的风采的。

第三章 欧阳修文选

素有,非如穷厄之人,侥幸得志于一时,出于庸夫愚妇之不意,以惊骇而夸耀之也。然则高牙大纛(dào)①,不足为公荣;桓圭衮(gǔn)冕②,不足为公贵;惟德被生民,而功施社稷,勒之金石③,播之声诗,以耀后世,而垂无穷;此公之志,而士亦以此望于公也。岂止夸一时而荣一乡哉!

公在至和④中,尝以武康之节⑤,来治于相。乃作昼锦之堂于后圃;既又刻诗于石,以遗(wèi)⑥相人。其言以快恩仇、矜名誉为可薄⑦。盖不以昔人所夸者为荣,而以为戒。于此见公之视富贵为何如,而其志岂易量哉!故能出入将相,勤劳王家,而夷险一节⑧。至于临大事,决大议,垂绅正笏(hù)⑨,不动声色,而措天下于泰山之安⑩,可谓社稷之臣矣。其丰功盛烈,所以铭彝鼎⑪而被弦歌⑫者,乃邦

---

① 高牙大纛:比喻仪从的众多。牙,牙旗。纛:仪从后面的大旗。
② 桓圭:三公所握的玉圭。衮冕:三公所穿的礼服。此句形容他十分富贵的样子。
③ 勒之金石:勒,雕刻。之,于。金,指钟鼎。石,指碑碣。古代凡是有大功的人,朝廷往往把他的功绩记在钟鼎石碑上来表扬他。
④ 至和:宋仁宗年号。
⑤ 武康之节:韩琦在仁宗庆历末年担任武康军节度使,治理并州(包括现在的河北省正定市、保定市,山西省太原市、大同市等地),至和二年,治理相州。
⑥ 遗:赠送。
⑦ 可薄:可以轻视,值得轻视,不屑。
⑧ 夷险一节:不管是平常或是患难的时候,始终保持同样的态度。
⑨ 垂绅正笏:形容大臣的仪容大方端庄。绅,衣服上的大带。笏,官员上朝所握的手板;不过古代从天子到士人,都执笏为礼,用玉、象牙或竹子做成。
⑩ 措天下于泰山之安:治理天下,使它像泰山那么安稳太平。泰山,在山东省内,古代认为是日出的山,而且是帝王祭拜天地的地方,所以被看作伟大、庄严、安定的象征。
⑪ 铭:当动词用,刻记。彝:盛酒的器具。鼎:食器。
⑫ 被弦歌:被,当动词用,施于,表现于。弦歌,乐歌。

家之光，非闾里之荣也。

余虽不获登公之堂，幸尝窃①诵公之诗；乐公之志有成，而喜为天下道也，于是乎书。

【译述】

做官做到丞相或大将，富贵以后回到故乡，这是一般人感到荣耀的事，也是古今相同的道理。大致说来，读书人在贫贱的时候，困穷地待在乡里中，连普通人和小孩子都会瞧不起他，欺侮他。像苏秦没发迹的时候，曾被嫂嫂冷落，朱买臣甚至被妻子遗弃。一旦富贵了，坐着四匹马的大车，旌旗引导在前，许多随从簇拥在后，路旁的人，肩碰肩，脚碰脚，对他瞻望赞美。这个时候，那些凡俗的男男女女，便会东奔西跑，吓出一身汗来，羞愧得趴在地上，自动在他车子的灰尘里、马脚下忏悔求饶。这是说一个读书人得意发达的时候，那种气势的盛大，古人用穿了锦衣回家乡来比喻它。

只有大丞相卫国公韩琦不同。韩公是相州人，世代都有美德，他更是当前有名的大臣。他年轻的时候，便高高地考中了进士，做了重要的官，国内的人士，早就闻他的大名，佩服得下拜，或远远地仰慕他的丰采了。我们所说的"将相"和"富贵"，都是韩公一向拥有的，不像一般出身贫穷的人一时侥幸得意，出乎普通人意料之外，使他们惊吓，向他们夸耀。前呼后拥地随从大旗，不足以使韩公感到荣耀；公卿的圭笏礼服，也不能够使韩公觉得显贵；只有他的恩德普及老百姓，为国家建立功业，并且被记载

---

① 窃：私下，私自。

第三章 欧阳修文选

在钟鼎碑石上，被播扬在歌曲诗篇中，用来显耀后代，永远不朽。这才是韩公的志愿，也是一般士人对他的期望，哪里只是显贵一时、荣耀一乡而已呢？

韩公在至和年间，曾经以武康军节度使的身份来治理相州。于是在他家的后园建造昼锦堂，又写诗刻在石碑上，留给相州的人。他不屑任性地报恩复仇、自己夸耀自己的名誉。因为他不把古人所夸耀的当作光荣，反而以此为戒。从这种地方可以看出韩公对富贵的看法，他的志向哪里是一般人容易了解的呢？所以他能够在朝做丞相，出外做大将，为国家服务，不论在平时或患难的时候，都保持着同样的节操。至于面临大事，决断重大的问题，他总是垂着大带，握着手板，仪态从容，不动声色，而能把天下治理得像泰山一样地安稳，真可以说是国家的大臣。他的丰功伟业，都已刻在钟鼎上，而且播扬在乐歌里，这都是国家的光荣，而不只是乡里的光彩啊。

我虽然没机会登上韩公的昼锦堂，幸而私下曾经诵读他所写的诗，很高兴韩公的志愿能够实现，也很乐意对天下人说说这件事，于是便写了这篇文章。

【赏析】

这是一篇记述文，清朝的曾国藩把这一类的文章列入杂记类。

表面上是作者为一座厅堂写文章，其实是为一个伟大的人物而写，更进一步，应该说是为一种伟大的志愿、伟大的言行而写。

昼锦堂是会毁坏的，韩琦也早已经死了，但是他所代表的德行和抱负以及它所代表的精神，却永远不朽。韩琦的眼光远大，稳定安详，公而忘私，爱国爱民，都是值得我们后人学习效法的。

韩琦在功成名就以后，回到故乡相州，在家里的后园建造了这座昼锦堂，并请他的好朋友欧阳修作记。但是欧阳修并没有把这篇文字当作一篇应酬文章来写，而是借此写出一种光辉的德行。他很成功地运用了对比法，把世俗上所谓"富贵不归故乡，如衣锦夜行"的观念，来陪衬、对照韩琦的大志——做大事不是为了炫耀自己的才能功德，而是为了大我：国家和人民，这可以说是一个儒者的胸襟，也是一个伟人的典范。

全文分四段：

第一段以一组六字对句起头，把一般人对富贵的观念非常鲜明有力地呈现出来，并且进一步地分析这种心理形成的原因：与其说是虚荣心使然，还不如说是一种补偿心理吧。不得意的时候吃了多少的苦，受了多少的闲气，一旦富贵了，不是马上可以翻身了吗？

第二段一开始就用一句干净利落的"惟大丞相卫国公则不然"，展开了一个新的天地。作者先用简洁的字句介绍韩琦的身世和功业，接着说出他的大志和与众不同的地方。这一段用了不少短句子，简洁有力，掷地有声，使读者精神一振，眼睛一亮。

第三段不但说出昼锦堂的由来和堂上所刻诗的内容，更进一步地宣扬韩琦的为人和功德——他是一个言行一致的人，他是一个立功立德的人。用孙中山先生的话说，他是一个做大事的人——虽然他也做了大官。这段里的"铭彝鼎而被弦歌"，正好响应上一段的"勒之金石，播之声诗"，却没有重复一个字，这正是作者表现了他高明的修辞技巧。"乃邦家之光，非闾里之荣也"，也相当于上一段的"以耀后世而垂无穷"。

最后一段是说明作者写这篇记的心情和动机。

值得注意的是：全文中完全没有提到昼锦堂的建筑情况和内部的装设，一方面因为这座堂欧阳修还没见过，一方面也由于他想借此发扬韩琦的德业和精神，因此有意省略掉外表的部分。

至于韩琦为什么要把这座堂取名作"昼锦堂"，是不是他在潜意识里仍不能完全超越世俗的名誉？这只能说是一个次要的问题了。也许聪明的辩护人会说：他是运用反讽的方式啊。

醉翁亭记

环滁①皆山也。其西南诸峰，林壑②尤美。望之蔚然③而深秀者，琅琊④也。山行六七里，渐闻水声潺潺⑤，而泻出于两峰之间者，酿泉⑥也。峰回路转⑦，有亭翼然⑧临于泉上者，醉翁亭也。作亭者谁？山之僧智仙也。名之者谁？太守⑨自

---

① 滁：滁州，就是现在的安徽滁州市。在滁水北岸，是长江、浪水之间的好地方。
② 林壑：森林和山谷。
③ 蔚然：草木茂盛的样子。
④ 琅琊：山名，在滁州西南。
⑤ 潺潺：水流声。
⑥ 酿泉：山泉名。因为水清可以酿酒而得到这个名称。
⑦ 峰回路转：山势回旋，路也弯弯曲曲的。
⑧ 翼然：像鸟展开翅膀的样子。
⑨ 太守：官名。秦朝叫郡守，汉朝改叫太守，宋朝以后取消这个官名，但写文章的人有时候仍用古名。这时候欧阳修正做滁州知州，相当于古时的太守，所以自称"太守"。

谓也。太守与客来饮于此，饮少辄醉，而年又最高，故自号曰醉翁也。醉翁之①意不在酒，在乎山水之间也。山水之乐，得之心而寓②之酒也。

若夫日出而林霏③开，云归而岩穴暝④，晦明变化者，山间之朝暮也。野芳发而幽香，佳木秀而繁阴，风霜高洁，水落而石出者，山间之四时也。朝而往，暮而归，四时之景不同，而乐亦无穷也。

至于负者歌于涂⑤，行者休于树，前者呼，后者应，伛偻⑥提携，往来而不绝者，滁人游也。临溪而渔，溪深而鱼肥，酿泉为酒，泉香而酒洌（liè）⑦；山肴野蔌（sù）⑧，杂然而前陈者，太守宴也。宴酣⑨之乐，非丝非竹⑩，射⑪者中，弈⑫者胜，觥⑬筹交错，起坐而喧哗者，众宾欢也。苍颜⑭白发，颓⑮然乎其间者，太守醉也。

---

① 之：于。
② 寓：寄托。
③ 林霏：林中的雾气。
④ 暝：幽暗。
⑤ 涂：通"途"，路上。
⑥ 伛偻：背弯曲，指老人。提携，牵着手走，指小孩。
⑦ 洌：清。
⑧ 山肴野蔌：指山里的美味食物和野生蔬菜。肴，熟肉。蔌，蔬菜。
⑨ 宴酣：宴会饮酒。
⑩ 非丝非竹：丝竹，泛指音乐。丝指弦乐器如琴瑟，竹指管乐器如箫管。
⑪ 射：指投壶，古人的游戏名。用许多竹箭或长竹签在一段距离外向一只壶里投去，投中多的就算赢。
⑫ 弈：通"弈"，指下棋。
⑬ 觥：盛酒器。筹，算筹，指行酒令时计算胜负的工具。交错，来来去去，很杂乱的样子。
⑭ 苍颜：深青色的面色，指老人。
⑮ 颓：醉倒。

已而夕阳在山，人影散乱，太守归而宾客从也。树林阴翳（yì）①，鸣声上下，游人去而禽鸟乐也。然而禽鸟知山林之乐，而不知人之乐；人知从太守游而乐，而不知太守之乐其乐也。醉能同其乐，醒能述以文者，太守也。

太守为谁？庐陵②欧阳修也。

【译述】

环绕在滁州城外面的都是山。在城的西南那些山峰里，森林和山谷尤其美丽。望过去一大片草木，茂盛而深远秀丽的，就是琅琊山。在山里走上六七里，渐渐听见水声潺潺，泻出在两座山峰当中的，就是酿泉。山势回旋，路也随着弯弯曲曲，有一座亭子像鸟展开翅膀一样，靠在酿泉上面，那就是醉翁亭了。修筑这座亭子的人是谁呢？是琅琊山的和尚智仙。替这座亭子取名的又是谁呢？就是州官自己。州官带了客人到这里来喝酒，每次喝一点酒就醉倒了，而且他的年纪又最大，所以自称为"醉翁"。醉翁的心思不放在酒上，而放在山水当中。山水间的乐趣，是内心获得而寄托在酒上的。

当太阳出来的时候，林子里的雾气蒸散了，云雾聚集的时候，山里的洞穴就显得很暗，这种昏暗明朗的变化，就是山里早晚的景色。野花开放，发散出幽香，树木繁茂，造成浓荫，风高霜净，涧水泻落，露出溪石，这些便是山里四季的风光。早上到山里去，

---

① 阴翳：昏暗不明。翳是暗影。
② 庐陵：古代的县名，就是现在的江西省吉安市，欧阳修的故乡。古人习惯把自己的籍贯写在姓名上面。

晚上才回来，四季的景致不同，其中的乐趣也无穷。

挑担的在路上唱歌，赶路的在树下休息，前面的人喊叫，后面的人回答，扶着老人，牵着小孩，往来不断的，这些都是滁州人来游山啊。有的在溪边钓鱼，溪水深，所以鱼特别肥大；有人拿泉水来酿酒，因为泉水香，酒就特别清醇；山里的美味、野菜，纷纷地陈列在面前，那是州官在宴请客人。宴会时尽情享乐，不用管弦乐器，只看见投壶的射中了，下棋的赢了，酒杯和筹码递来递去，眼花缭乱，一会儿站起来，一会儿坐下，嚷个不停，这是许多客人欢乐的情形。一位苍颜白发的老人，颓然醉倒在那许多人中间，那就是州官——他喝醉了。

一会儿，夕阳落在西山边上，人影离散零乱，州官要回去，客人们也跟着走了。树林昏暗下来，鸟儿上上下下地叫着，游客回去而禽鸟高兴了。然而禽鸟只知道山林的快乐，不知道人间的快乐，人们也知道跟着州官去游山玩水的快乐，而不知道州官因为他们快乐而快乐。在喝醉的时候，能跟他们一起乐，酒醒的时候，能把这些情景写成文章的，也是州官。

这州官是谁呢？是庐陵人欧阳修。

【赏析】

这是一篇表面是杂记的游记。作者要写的其实不是醉翁亭，而是他在做滁州知州时游山玩水的生活情形。

欧阳修在庆历年间（1041—1048）因为同情范仲淹，被贬滁州，由于他个性中自有洒脱的一面，所以暂时放下国家大事，纵情于大自然当中，而且自称醉翁。这篇文章最能代表这个时期他的心境。

全文共分五段：

第一段一开始冒出一句"环滁皆山也"真可以说是"开门见山"的奇笔，也把整个大环境巧妙而大方地介绍了。然后抽丝剥茧地交代了琅琊山、酿泉、醉翁亭的地理位置，以及"醉翁"这个中心人物。作者把山水和自己的心情融合在一起，这里只露出一点痕迹。"醉翁之意不在酒"早已变成一句成语，而且常常被人滥用。这一段先引起读者的高度兴趣。

第二段用客观的笔法描写山里早晚和四季不同的景色，也就说明了"朝而往，暮而归"，乐趣无穷的理由。作者连这"往""归"两句也省略了主词，真可说是把人跟大自然一视同仁了。

第三段先写一般滁州人游山的情形，形形色色的人和种种不同的行动，作者只用了五六十个字，就都包罗进去了，真有大摄影师的本领。后半段写欧阳修跟他的客人们宴乐的情形，更是热闹，锦上添花。前后的安排可以说是"渐入佳境"。

第四段写游宴后散去的情况，并且发抒他的感想。他从《庄子·秋水》里讨论人能不能知道鱼乐的一段话，得到了灵感，巧妙地烘托出他自己高度的快乐。

第五段才正式说明"太守"就是作者本人。对不熟悉作者的读者来说，这样的安排能给他们恍然大悟的意外乐趣。

全篇的作法有三大特点：

一、句子短：最长的不过九字，很多三字句和四字句，因此节奏明快，显得活泼愉快。

二、用剥蕉法，一层层显示给读者看：第一段、第二段、第三段，甚至第四段的一部分，都运用这个方法，而且用得有变化，不呆板。

三、先展示现象，再说明事物的名称或主角。因此全文一再地运用"……者……也"的句法，尤其用"也"作句尾助词的句子，更多达二十一句。这是别的作家所没有尝试过的做法，欧阳修做得相当成功。

第四段的感想，当然不免有点自负，但是也未尝不可以说这是作者天真的流露。

泷冈阡表

呜呼！惟①我皇考②崇公③，卜吉④于泷（shuāng）冈⑤之六十年，其子修，始克表于其阡⑥。非敢缓也，盖有待也。

修不幸，生四岁而孤。太夫人⑦守节自誓；居穷，自力于衣食，以长以教，俾至于成人。太夫人告之曰："汝父为吏，廉而好施与，喜宾客；其俸禄虽薄，常不使有余。曰：

---

① 惟：发语词，没有意义。
② 考：古人父亲死了称考。皇，大。皇考是恭敬的叫法。
③ 崇公：指欧阳修的父亲欧阳观，字仲宾，宋神宗时追封为崇国公，简称崇公。
④ 卜吉：卜定吉日，选一个好日子安葬。
⑤ 泷冈：地名。属于江西吉安府。就是现在江西省永丰县南凤凰山附近的沙溪。
⑥ 阡：墓道。
⑦ 太夫人：对母亲的尊称。父亲死后才这样称呼母亲。

第三章　欧阳修文选

'毋以是为我累。'故其亡也，无一瓦之覆①，一垄之植②，以庇③而为生；吾何恃而能自守邪？吾于汝父，知其一二，以有待于汝也。自吾为汝家妇，不及事吾姑④；然知汝父之能养也。汝孤而幼，吾不能知汝之必有立，然知汝父之必将有后也。吾之始归⑤也，汝父免于母丧方逾年，岁时祭祀，则必涕泣，曰：'祭而丰，不如养之薄也！'间御⑥酒食，则又涕泣，曰：'昔常不足，而今有余，其何及也！'吾始一二见之，以为新免于丧适然耳。既而其后常然，至其终身，未尝不然。吾虽不及事姑，而以此知汝父之能养也。汝父为吏，尝夜烛治官书⑦，屡废⑧而叹。吾问之，则曰：'此死狱也，我求其生不得尔。'吾曰：'生可求乎？'曰：'求其生而不得，则死者与我皆无恨也；矧⑨求而有得邪？以其有得，则知不求而死者有恨也。夫常求其生，犹失之死⑩；而世常求其死也！'回顾乳者抱汝而立于旁，因指而叹曰：'术者⑪谓我岁行在戌将死⑫；使其言然，吾不及见儿之立

① 无一瓦之覆：没有一片瓦覆盖，指没有房子可住。
② 一垄之植：一行农作物可以种植。连上句指没有土地可耕。垄，高田，田中高处。
③ 庇：成荫，成护。
④ 姑：丈夫的母亲，婆婆。
⑤ 归：女人出嫁。
⑥ 间：偶然。御，进，享用。
⑦ 治官书：处理公文。
⑧ 废：停止。
⑨ 矧：何况。
⑩ 犹失之死：还难免判成死罪。
⑪ 术者：玩弄法术的人，指算命看相的人。
⑫ 岁行在戌将死：岁指木星，古人用木星的方位纪年，欧阳修的父亲在宋真宗大中祥符三年（庚戌年，公元1010）死去，果然跟算命的人所说的一样。

也,后当以我语告之。'其平居教他子弟,常用此语,吾耳熟焉,故能详也。其施于外事,吾不能知;其居于家,无所矜饰①,而所为如此,是真发于中者邪!呜呼!其心厚于仁者邪!此吾知汝父之必将有后也。汝其勉之!夫养不必丰,要②于孝;利虽不得博于物,要其心之厚于仁。吾不能教汝,此汝父之志也。"修泣而志③之,不敢忘。

先公少孤力学,咸平三年④,进士及第。为道州⑤判官,泗、绵二州推官⑥,又为泰州⑦判官。享年五十有九,葬沙溪之泷冈。

太夫人姓郑氏,考讳⑧德仪,世为江南名族。太夫人恭俭仁爱而有礼;初封福昌⑨县太君,进封乐安⑩、安康、彭城三郡太君。自其家少微时,治其家以俭约,其后常不使过之。曰:"吾儿不苟合于世,俭薄所以居患难也。"其后修贬夷

---

① 矜:矜持庄严,高不可攀的样子。饰:做作,虚伪。
② 要:总要,最重要的是。
③ 志:记住。
④ 咸平三年:咸平是宋真宗的年号。咸平三年就是公元1000年。
⑤ 道州:现在的湖南省道县。判官,官名,是节度使、观察使的幕僚,担任批公文和司法判决方面的事。
⑥ 泗:现在的安徽省泗县。绵:现在的四川省绵阳市。推官:也是节度使、观察使的部下,担任司法判决的工作。
⑦ 泰州:现在的江苏省泰州市。
⑧ 讳:死后的名,叫死人的名字。
⑨ 福昌:现在的河南省宜阳县。县太君,官员母亲的封号。按照宋代的制度,郎中、京府少尹、县令的母亲,都封作县太君。
⑩ 乐安:现在的江西省抚州市辖县。安康,现在的陕西省汉阴县。彭城,现在的江苏省徐州市。郡大君是四品官像侍郎、翰林学士、给事中、谏议大夫的母亲的封号。

陵①,太夫人言笑自若,曰:"汝家故贫贱也,吾处之有素矣。汝能安之,吾亦安矣。"

自先公之亡二十年,修始得禄而养②。又十有二年,列官于朝,始得赠封其亲。又十年,修为龙图阁直学士③,尚书吏部郎中④,留守⑤南京,太夫人以疾终于官舍,享年七十有二。又八年,修以非才,入副枢密⑥,遂参政事⑦,又七年而罢。自登二府⑧,天子推恩,褒其三世,盖自嘉祐以来,逢国大庆,必加宠锡。皇曾祖府君⑨累赠金紫光禄大夫⑩、太师⑪、中书令⑫;曾祖妣⑬累封楚国太夫人。皇祖府君⑭累赠金紫光禄大夫、太师、中书令兼尚书令⑮;祖妣累封吴国太夫人。

---

① 夷陵:在现在的湖北省宜昌市境内。欧阳修贬夷陵的事可参考本章前言,这时候他三十岁。

② 修始得禄而养:宋仁宗天圣八年(1030)欧阳修年二十四岁,考中进士,授官将仕郎,任职秘书省校书郎,充任西京留守推官,距离他父亲的死正好二十年,所以说:才得到俸禄奉养母亲。

③ 龙图阁直学士:北宋在皇城内建造龙图阁,刚入直馆阁,称为直学士。

④ 郎中:六部诸司的长官。

⑤ 留守:官名,在这儿当动词用。南京,现在的河南省商丘市。

⑥ 入副枢密:仁宗嘉祐五年(1060),欧阳修回到京城担任枢密院副使,枢密院掌管军事机密,权力很大。"副"在这里当动词用。

⑦ 参政事:嘉祐六年(1061),欧阳修转任户部侍郎参知政事,就是副宰相。"参"字在这儿也借来充当动词用。

⑧ 二府:按照宋代的制度,中书省和枢密院分掌行政、军事,称为二府。参知政事在中书省办公。

⑨ 皇曾祖府君:皇,对祖先(包括死去的父亲在内)的尊称。府君,子孙尊称先世的名词。

⑩ 金紫:金印紫绶。光禄大夫为二品散官(没有固定职务的官)。

⑪ 太师:皇帝的老师,是三公(太师、太傅、太保)里最尊贵的一位。

⑫ 中书令:中书省长官,唐朝是宰相,宋朝专用作赠官(追赠的官名)。

⑬ 曾祖妣:曾孙叫已死的曾祖母。

⑭ 皇祖府君:指欧阳修已死的祖父,名偃。

⑮ 尚书令:尚书省长官,宋朝也是用作赠官。

皇考崇公累赠金紫光禄大夫、太师、中书令兼尚书令；皇妣累封越国太夫人。今上①初郊，皇考赐爵为崇国公，太夫人进号魏国。

于是小子修泣而言曰："呜呼！为善无不报，而迟速有时，此理之常也。惟我祖考，积善成德，宜享其隆，虽不克有于其躬，而赐爵受封，显荣褒大，实有三朝②之锡命③，是足以表见于后世，而庇赖其子孙矣。"乃列其世谱，具刻于碑，既又载我皇考崇公之遗训，太夫人之所以教而有待于修者，并揭于阡。俾知夫小子修之德薄能鲜，遭时窃位④，而幸全大节，不辱其先者，其来有自。

熙宁三年⑤，岁次庚戌，四月辛酉朔，十有五日，乙亥，男推诚保德崇仁翊戴功臣⑥、观文殿学士⑦、特进、行兵部尚书⑧、知青州⑨军州事、兼管内劝农使⑩、充京东路⑪安抚

---

① 今上：宋神宗。郊，祭天。熙宁元年（1068）十一月，神宗第一次举行郊祀礼，所以开恩封赠群臣。
② 三朝：指宋仁宗、英宗、神宗三朝。
③ 锡命：赠赐的命令。
④ 遭时窃位：幸而遇到良好的时机，自己没有很高的才德而居高位。这是作者谦虚的话。
⑤ 熙宁三年：就是公元1070年。
⑥ 推诚保德崇仁翊戴功臣：皇帝赏赐给欧阳修的荣誉头衔。
⑦ 观文殿学士：宋代的观文殿，设有大学士、学士，都是授给曾任大臣的官员。
⑧ 兵部尚书：兵部为六部之一，掌军政。兵部尚书为兵部最高长官。
⑨ 知青州：熙宁元年，欧阳修由亳州调知青州，就是现在的山东省青州市一带。
⑩ 劝农使：奖励人民农作的官员。
⑪ 京东路：路名，掌辖山东等地。

第三章　欧阳修文选

使①、上柱国②、乐安郡开国公、食邑四千三百户、食实封一千二百户，修表。

【译述】

先父崇国公，安葬在泷冈以后，已经有六十年，儿子修才能作表刻在墓碑上。不是敢故意拖延，实在是有所等待。

我很不幸，四岁就成了孤儿。先母立志守节，家境贫苦，全靠自己的力量谋生，来抚养我，教导我，使我长大成人。先母告诉我："你父亲做官，清廉而喜欢帮助人，也爱交朋友，他的薪水虽然不多，经常不让它剩下来。他说：'不要因为钱使我受累。'所以当他去世的时候，没有留下住的房子，也没有一亩地可以耕种，来维持我们的生活。我凭什么能守节呢？无非是我对你父亲稍有了解，因此指望着你。自从我做了你家的媳妇，没能赶上侍候婆婆，但我知道你父亲是孝顺的。你很小便成了孤儿，我不能担保你长大后必定有出息，但是我确信你父亲一定有很好的后代。当初我嫁过来的时候，你父亲脱下他母亲的丧服才一年，过年过节祭祀，一定哭着说：'死后祭品丰盛，还不如生前菲薄的奉养。'偶然喝酒吃好吃的东西，往往又流着泪说：'以前常常不够吃，现在有多余的了，可惜已经太迟了！'我起初第一、二次看到这种情形，以为刚脱下丧服才会这样子，可是后来仍旧经常如此，甚至到他老死，都没有改变。我虽没赶上服侍婆婆，却从这些地

---

① 安抚使：官名，宋朝各路的主官。
② 上柱国：最尊贵的勋官。

方知道，你父亲是很孝顺的。你父亲做了官，常常晚上点着蜡烛批公文，每每停下来叹息。我问他为什么叹气，他便说：'这是死罪的案子，我想帮他找一条生路，可惜找不到。'我说：'可以找到生路吗？'他说：'替他找过生路而找不到，那么死囚和我都没有什么遗憾了；何况有时候真能找到生路——正因为可以找到生路，可见不替他设法便判了死刑，一定会有遗恨。试想我常帮他们找生路，还不免要判死刑，何况世上的官吏，唯恐不判人家死刑呢！'回头看见奶妈抱着你站在旁边，便指着你，叹口气说：'算命的人说我只能活到庚戌年就会死，如果他说得对的话，我将看不到孩子长大成人了，以后你应当把我的话告诉这孩子。'他平常教导子弟，也常说这些话，我因为听熟了，所以记得特别清楚。他在外头所做的事，我不大知道；他在家里，没有一点矜持做作，而所作所为就是这个样子，这完全是发自内心的！唉！他的心是那样的仁厚啊！这使我确信你父亲必定有很好的后代。你要勉励啊！奉养双亲不一定要物质丰盛，主要的是要孝顺；恩惠虽然不能普施于万物，但总要心存仁厚。我不知道怎么教导你，这些都是你父亲的志愿。"我哭着把这些记下来，不敢忘掉。

先父小时候失去父亲，努力求学，咸平三年考中进士，便担任道州的判官，泗州、绵州的推官，又做过泰州的判官。活了五十九岁，安葬在沙溪的泷冈。

先母姓郑，其父亲名叫德仪，世代是江南的名族。先母恭敬节俭仁爱，而且注重礼节；最先封为福昌县太君，后来进封乐安、安康、彭城三郡太君。我们家早年贫寒，她持家俭约，以后也一直不肯超过这个标准。她说："我的孩子不能随便迎合世俗，节俭些才能度过苦日子。"后来我被贬官到夷陵，先母说说笑笑，自在得很，

第三章　欧阳修文选

说："你家向来贫穷，我已经过惯了。你能够安心，我也就放心了。"

先父去世后二十年，我才开始领薪水供养母亲。再十二年，在朝廷做官，才能封赠父母。又过了十年，我做龙图阁直学士，尚书吏部郎中，南京留守官，先母病死在官舍，活了七十二岁。又过八年，我侥幸入京担任枢密院副使，不久担任参知政事，又过七年才离职。自从进了中书省、枢密院二府以后，承蒙皇帝推广恩惠，表扬我祖宗三代，从嘉祐年以来，每次国家大典，一定得着天子的赏赐。先曾祖父，累次赠封为金紫光禄大夫、太师、中书令；先曾祖母累次赠封为楚国太夫人。先祖父累次赠封为金紫光禄大夫、太师、中书令兼尚书令；先祖母累次赠封为吴国太夫人。先父崇国公，累次赠封为金紫光禄大夫、太师、中书令兼尚书令；先母累次赠封为越国太夫人。现在的皇上初次举行郊祀礼的时候，先父赠爵为崇国公，先母也晋封为魏国太夫人。

于是我哭泣着说："唉，凡是做好事没有得不到好报的，不过在时间上有迟有早罢了，这是一定的道理。我的祖先，做了很多善事，应该享受荣华富贵，虽然生前不能享有，但受到赠封和表扬，得到三朝皇帝的赏赐，已经足够流传到后世，并且庇荫他们的子孙了。"于是我列出历代的族谱，一一刻在碑上，并且记载先父崇国公的遗训，先母对我的教导和寄望，一起揭示在墓碑上。使人知道我德行不够，又没有才能，竟能遇上很好的机会，担负很大的责任，幸而能保全大节，不致对不起先人，实在不是没有原因的。

（最后一段译述从略，因为只有"修表"两字需要翻译："修作表"。）

【赏析】

这是一篇碑志文,是作者在晚年追述父母言行的一篇墓碑。"表"就是墓碑文。这种文章是表彰一个人(或夫妇)生前的美好行为,刻在坟前的碑石上,以供后人瞻仰,希望永垂不朽的。

宋仁宗皇祐五年(1053),欧阳修四十七岁,护送母亲的棺柩回到吉州安葬时,曾经作《先君墓表》,畅述慈母的言行。到了神宗熙宁三年(1070),欧阳修已经六十四岁,正好是他父亲逝世六十周年,他更根据"先君墓表",重新增添、修改而写成本文。因为欧阳修四岁便死了父亲,所以对母亲的印象特别深,侍奉母亲也特别孝顺,全文便借慈母的口述,说出父亲的大孝和仁爱,同时也就点染出母亲的贤慧。这种笔法,可以说是"兼包并容",也可说是"一箭双雕"(当然这只是比喻)。《泷冈阡表》用青州绿石镌刻,非常讲究,高一丈多,光亮得像镜子一样。

全篇围绕着一个"待"字,发挥得淋漓尽致。母亲等待儿子长大成人,继承父亲遗志,发扬光大,她没有白等,儿子等待自己官做得很大,事业上的成就很高了,才来写这篇墓表,好彻底地光宗耀祖,他一直等到自己死前两年,才了了这桩心愿。

林西仲曾评论这篇文章有四个难写的地方,但是欧阳修都写得很出色:

一、四岁丧父,不能亲自记得父亲的言行,必须由母亲转述,多一番曲折。

二、母亲嫁到欧阳家时,她婆婆已死,关于父亲的孝顺行为没法亲自看到。古时的女人家不到外面去,没法知道父亲上班办公事和对待人的情形。

三、母亲已死了十多年，她说的话又是片段的，引来写墓表，必须巧妙运用。

四、赠封祖先，是因为作者自己的功业，写的时候如果没有分寸，很容易变成自夸自赞。

全文可分七段：

第一段说明缘起和延迟写作的原因，不过只说"有所待也"，是点到为止。

第二段借先母的话写出先父的孝顺和仁厚，有源有本，十分亲切，也十分真挚，是本文的重心。

第三段是先父的简略传记。

第四段是先母的简略传记，并写出她的节俭和识大体。

第五段记祖先、父母受封赠的事实。

第六段收结全文，并照应第一、二段，使读者对那个"待"字完全了解，而且作者也表现了他的谦逊和孝心。

第七段其实只是一个固定的墓表格式，包括立表时间、立表人的身份头衔等。

第四章 苏洵文选

第四章　苏洵文选

　　苏洵是眉州眉山（现在的四川省眉山市）人，生于宋真宗大中祥符二年（1009），卒于英宗治平三年（1066）四月二十五日。自号老泉，是苏轼、苏辙的父亲，后人因此称他为"老苏"，又把他们父子三人合称作"三苏"。

　　苏洵的高祖苏钊（yín）一直到父亲苏序，都是平民，他的哥哥苏澹、苏涣都曾考中进士。但苏洵在少年时代，专门结交三教九流的朋友，在外面游荡，父亲也不大管他，好像对他很有信心。他九岁以后，稍微读读书，做做对子，但是常半途而废。

　　他不到二十岁就结婚了，二十七岁才开始用功读书，以后这六年当中，努力研究六经和诸子百家，而且有很大的志向，想为国家服务，可惜运气不好，考进士一再考不取，考"茂材异等"（当时的一种特种考试）也不取，他失望极了，把自己的几百篇文章全烧掉，重新闭门读书。后来学问大进，文章也更出色了。

　　仁宗宝元二年（1039），苏洵到阆州（现在的四川省阆中市）去探望在那儿做官的哥哥苏涣，看到哥哥治理地方成绩很好，颇受感动，不久东下出夔州巫峡，顺流而到荆州（现在的湖北省襄阳市）一带，游学各地，结交有学问的师友，增加了不少见闻和人生经验。三十九岁回乡，教两个儿子读书。

　　仁宗至和二年（1055），苏洵到成都，地方官张方平很欣赏他，特地写信给欧阳修推荐他，但是没有下文。

　　仁宗嘉祐元年（1056）五月，苏洵父子三人到京都开封，九月上书欧阳修，欧阳修大为激赏，于是他的文章逐渐受到京都许多大人物的重视，连宰相韩琦也特别礼遇他。

　　第二年苏轼兄弟考取进士，五月，夫人程氏病死，苏洵便带了两个儿子赶回眉山家乡，安葬夫人。嘉祐三年（1058）十一月，

· 101 ·

皇帝下令要他上京任官，他上书辞谢，明年六月，又下了一道诏命，催他入京。

十月，三苏又来到开封城。苏洵在嘉祐五年（1060）八月做了校书郎，为皇帝编修典籍，他觉得很合自己的兴趣，便安心地接受职务，编纂《太常因革礼》这部大书。

第二年王安石当知制诰，权势愈来愈大，很多人劝他和王氏交往，王安石也爱慕苏洵的大名，想和他交朋友，但是苏洵认为王安石"不近人情"，不肯相交，还写了一篇《辨奸论》攻击王安石。

英宗治平三年（1066）四月，《太常因革礼》一百卷编成了，奏上皇帝，还没得到回音，他便死了。

苏洵的文章非常刚强有力，受《战国策》和《史记》的影响很大，讲究方法和结构，有精神，有主见，十分严谨，偶尔也能洒脱，跟欧阳修温婉的风格成为一个很有趣的对比。当时有很多人模仿他的文章。

他的议论文尤其杰出，代表作都是论历史和讨论政治、军事的。他的遗著有《嘉祐集》《老泉文钞》。

管仲论

管仲相桓公①，霸诸侯，攘戎狄②，终其身，齐国富强，

---

① 管仲相桓公：管仲姓管，名夷吾，字仲，齐大夫，做齐桓公的丞相，使齐国称霸于诸侯。

② 攘戎狄：攘，排除、赶走。戎，古时候东方的民族。狄，古时候北方的民族。

第四章 苏洵文选

诸侯不叛。管仲死，竖刁、易牙、开方①用，桓公薨于乱，五公子争立②，其祸蔓延，讫简公③，齐无宁岁④。夫功之成，非成于成之日，盖必有所由起；祸之作，不作于作之日，亦必有所由兆。故齐之治也，吾不曰管仲，而曰鲍叔⑤。及其乱也，吾不曰竖刁、易牙、开方，而曰管仲。何则？竖刁、易牙、开方三子，彼固乱人国者，顾其用之者，桓公也。夫有舜而后知放四凶⑥，有仲尼而后知去少正卯⑦；彼桓公何人也？顾其使桓公得用三子者，管仲也。

仲之疾也，公问之相。当是时也，吾以仲且举天下之贤者以对，而其言乃不过曰"竖刁、易牙、开方三子，非人情，不可近"而已。呜呼！仲以为桓公果能不用三子矣乎？仲与桓公处几年矣，亦知桓公之为人矣乎！桓公声不绝乎耳，色不绝乎目，而非三子者，则无以遂其欲。彼其初之所以不用者，徒以有仲焉耳。一日无仲，则三子者可以弹冠⑧而相庆矣。仲以为将死之言，可以絷（zhí）⑨桓公之手足耶？夫齐国不

---

① 竖刁、易牙、开方：三个人都是桓公宠爱的臣子。竖刁是宦官，易牙是好厨师，开方是卫国的公子。
② 五公子争立：齐桓公没有嫡子（原配夫人所生的儿子），五公子都是庶子，互相争夺继承权，竖刁等三人关起宫门来，使桓公没有饭吃，桓公终于饿死，齐国便大乱了。五公子，指公子元、公子潘、公子商人、公子雍、公子昭。后来公子昭即位，就是齐孝公。
③ 简公：名壬，后来被陈恒所弑。
④ 宁岁：安宁的岁月，太平的日子。
⑤ 鲍叔：就是鲍叔牙，管仲的好朋友。最初鲍叔推荐管仲，桓公才重用他。
⑥ 四凶：共工、驩兜、三苗、鲧。
⑦ 少正卯：鲁国的名大夫，诡诈跋扈，孔子当司寇，摄行丞相的职务，就把他杀了。近人也有认为这件事值得怀疑的。
⑧ 弹冠：把自己的冠帽弄干净，打算戴了出来做官的意思。
⑨ 絷：捆绑。

· 103 ·

患有三子，而患无仲，有仲，则三子者，三匹夫耳。不然，天下岂少三子之徒哉？虽桓公幸而听仲，诛此三人，而其余者，仲能悉数而去之耶？呜呼！仲可谓不知本者矣。因桓公之问，举天下之贤者以自代，则仲虽死，而齐国未为无仲也。夫何患三子者？不言可也。

五霸①莫盛于桓、文②，文公之才，不过桓公，其臣③又皆不及仲。灵公④之虐，不如孝公⑤之宽厚。文公死，诸侯不敢叛晋，晋袭文公之余威，犹得为诸侯之盟主⑥百余年。何者？其君虽不肖，而尚有老成人⑦焉。桓公之薨也，一乱涂地，无惑也。彼独恃一管仲，而仲则死矣。夫天下未尝无贤者，盖有有臣而无君矣。桓公在焉，而曰天下不复有管仲者，吾不信也。

仲之书⑧，有记其将死，论鲍叔、宾胥无之为人⑨，且各疏其短；是其心以为数子者，皆不足以托国；而又逆知其将死。则其书诞谩⑩不足信也。吾观史䲡⑪以不能进蘧（qú）

---

① 五霸：指春秋五霸，齐桓公、晋文公、秦穆公、宋襄公、楚庄王。
② 桓、文：齐桓公和晋文公。
③ 其臣：指晋文公所用的臣子，像狐偃、赵衰、先轸等。
④ 灵公：晋文公的孙子，名夷皋。
⑤ 孝公：齐桓公的庶子，名昭。
⑥ 盟主：诸侯结盟聚会的主人，就是霸主。
⑦ 老成人：贤人。
⑧ 仲之书：指管仲写的《管子》，不过现在流传的《管子》是后人假托他而写的。
⑨ 论鲍叔、宾胥无之为人：《管子》里记载着，管子病重的时候，对齐桓公说："鲍叔这个人，正直而不能使国家强盛；宾胥无这个人，好行善而不能使国家团结。"宾胥无是齐国的贤大夫。
⑩ 诞谩：荒唐欺骗。
⑪ 史䲡：就是史鱼、史鰍，卫国大夫。

伯玉^①而退弥子瑕^②，故有身后之谏^③；萧何且死，举曹参以自代^④。大臣之用心，固宜如此也。夫国以一人兴，以一人亡。贤者不悲其身之死，而忧其国之衰。故必复有贤者，而后可以死。彼管仲者，何以死哉？

【译述】

管仲做齐桓公的丞相，使齐桓公称霸于所有的诸侯，排斥打击了夷、狄等少数民族，到死为止，使齐国富强，诸侯都不敢叛变。管仲死后，竖刁、易牙、开方三个小人得势，齐桓公死得很惨，五个公子争夺王位，祸乱扩大，一直到简公的时候，齐国没有一天太平过。一件事业的成功，不是成功在最后那一天，必定有它成功的原因；一桩祸害的发生，不是发生在祸发的那一天，也必定有它发生的预兆。所以齐国的平治，我不以为是管仲的功劳，而是鲍叔的大功。等到齐国发生祸乱，我不认为是竖刁、易牙、开方三个人惹的祸，而要怪管仲。为什么呢？竖刁、易牙、

---

① 蘧伯玉：名瑗，卫国的贤大夫。
② 弥子瑕：卫灵公宠爱的臣子。
③ 身后之谏：史鱼病重将死，告诉他的儿子说："我在卫国做官，不能让国君用蘧伯玉，免弥子瑕的职，这是我没有尽到辅导国君的责任，死后也不配享受大夫的葬礼。我死了以后，你把我的尸体放在窗下，我就满意了。"他的儿子真的照样做了，灵公来吊丧，看见了觉得很奇怪，问史鱼的儿子。他儿子就告诉他父亲讲的话，灵公惊讶得不得了，脸色都变了。于是下令把史鱼的尸体放在客人的位置，然后重用蘧伯玉，免了弥子瑕的职，这是说史鱼死了还能用巧妙的方法劝谏国君。
④ 萧何且死，举曹参以自代：萧何、曹参，都是沛（现在的江苏省沛县）人，西汉初的名相。萧何生病，汉惠帝亲自来看他，问他："你死后，谁可以代替你？"萧何说："皇上最了解臣子了。"惠帝说："曹参可不可以？"萧何在床上磕头说："皇上选对了。"

开方这三个人，固然是扰乱国家的人，但是用他们的是桓公。从前有了虞舜，然后知道放逐四凶，有了孔子，才知道杀死少正卯；桓公呢？试看他之所以会用这三个人，关键还是在管仲。

当管仲病倒的时候，桓公问他谁可以代替他做丞相。那个时候，我想管仲该会推荐天下的贤人来回答桓公，可是他所说的，不过是"竖刁、易牙、开方这三个人，没有人的情感，不要接近他们"罢了。唉，管仲认为桓公真能不用这三个人吗？管仲跟桓公相处这么久，也应该了解桓公的为人啊！桓公的耳朵没一天离开过歌唱，眼睛没一天离开过女色，假使没有这三个人，便没法子满足他的欲望了。当初他们三人之所以不被重用，是因为管仲还在。一旦管仲不在了，他们自然可以弹弹衣冠上的灰尘，彼此庆贺了。管仲以为自己临死时的劝告，可以约束桓公吗？其实齐国并不怕有这三个人，只怕没有管仲；有了管仲，这三个人，只是平常的三个人罢了。不然，天下哪里会缺少像这三个小人一样的角色？哪怕桓公真听了管仲的话，杀掉这三个人，但是其余的小人，管仲又怎么能一一除掉呢？唉，管仲可以说不知道事情的根本。在桓公询问他的时候应该趁机推荐贤人来代替自己，那么管仲虽然死了，齐国也未必没有另外一个管仲，又何必怕那三个小人呢？就是不跟桓公提他们也没关系。

在五霸中没有别人能超过齐桓公和晋文公，晋文公的才能，并不比桓公强，他的臣子又都比不上管仲。晋灵公的暴虐，不如齐孝公的宽厚。晋文公死后，诸侯不敢叛变晋国，晋国靠了文公的余威，还能做诸侯的盟主一百多年。为什么会这样呢？因为晋国的国君虽然不贤，可是还有贤臣在朝。桓公死后，齐国无疑是一塌糊涂。他以往只靠管仲一个人，可惜管仲已经死了。其实天

第四章 苏洵文选

下不是没有贤人，是有贤臣而国君不知道去用他。桓公在世时，要是说天下再也没有管仲这种人才，我不相信。

管仲的著作里，记着他快死的时候，批评鲍叔牙和宾胥无这两个人，各有他们的短处，这是他内心以为他们都不配担当治理国家的大任，同时又预知他自己不久就要去世。那么说来，他的书就荒唐不可信了。我看卫国的臣子史鱼，因为不能推荐蘧伯玉而使弥子瑕免职，所以死后还要尸谏；汉朝萧何将死的时候，保荐曹参来代替自己。大臣关心国家，本来就应该这样。国家的兴衰往往决定于一个人。贤能的人不伤心自己快要死去，而担忧自己国家会衰亡，所以必须物色一些贤人，然后才安心地死去。管仲，他为什么没有尽责就死了呢？

【赏析】

这是一篇标准的议论文，而且应该说是"史论"。

议论文的重要条件，是说理清楚而流畅，苏洵的大部分文章都能做到这一点。本文的主题是指责管仲死前没有向柯公推荐继承他的贤人，没有尽到道义上的责任，因此必须对齐国的衰乱负责。

从一般道理上来看，管仲当时已经病重，能够对桓公说竖刁他们不能用，也已经不错了，可是苏洵认为像管仲这样一位身负国家大任的人，早就应该为未来的治国人选考虑清楚，并及时推荐才对。这可以说是"《春秋》（孔子作）责备贤者"的作法。也就是说，愈是贤人，他的责任也就愈大，如果不能做得十全十美，就要受史家的责备。管仲的错误，恐怕不止于死前没有推荐人才，更在于平常没有留心培养人才，否则不至于只批评鲍叔他们，而找不出一个使他满意的人来。

全文一共分四段：

第一段开章明义，说管仲死后，齐国祸乱不停，责任应该由管仲承担。用舜和孔子的事做旁证，又叫鲍叔当年推荐管仲的事做陪衬，非常有力。

第二段紧接着前段，分析管仲死前没有积极推荐贤人，才造成小人得势的情形。完全扣住"顾其使桓公得用三子者，管仲也"这句话，这里能够把一种和表面现象（管仲说三子不可用）相反的道理说得那么透彻，确实是很不容易的。

第三段比较五霸中齐、晋两个国家势力的消长，指出关键所在不是桓公、管仲不如晋国的君臣，而是管仲没有推荐贤人代替自己。这是跳出一个孤立事件的范围，作一番客观的比较评价，使读者更深信"管仲有罪过"不只是作者主观的看法。这也是论说文中常用的方法。

第四段先指斥管子著作中的荒谬记载，并进而强调贤人忘记小我、关心大我安危的责任，再度责备管仲没有做到他分内的事。其实这才是本文的重心。

总之，苏洵借管仲的事说出一个政治家的责任：

一、注重国家未来的安危。

二、培养人才，举荐人才。

第四章　苏洵文选

辨奸论

事有必至，理有固然。惟天下之静者，乃能见微而知著①。月晕②而风，础润③而雨，人人知之。人事之推移④，理势之相因⑤，其疏阔⑥而难知、变化而不可测者，孰与天地阴阳之事？而贤者有不知，其故何也？好恶乱其中，而利害夺其外也。

昔者山巨源见王衍⑦曰："误天下苍生者，必此人也！"郭汾阳见卢杞（qǐ）⑧曰："此人得志，吾子孙无遗类矣！"自今而言之，其理固有可见者。以吾观之，王衍之为人，容

---

① 见微而知著：发现隐微的现象，因而预知将会显著发展的事。
② 月晕：月亮的四周围绕的光气。
③ 础润：柱下石生汗（潮湿）。
④ 推移：变化。
⑤ 理势之相因：道理和情势彼此影响。
⑥ 疏阔：远而大。
⑦ 山巨源见王衍：山巨源名涛，晋朝人。王衍，字夷甫，晋惠帝时人。王衍小时聪明，山涛一见他，就叹道："哪个老太婆生出这样一个可人儿来？可是将来害天下老百姓的，一定是这个人。"
⑧ 郭汾阳见卢杞：郭汾阳，就是郭子仪，唐朝华州（现在的甘肃省宁县一带）人，封汾阳郡王。卢杞，唐清州（现在的贵州省安化县一带）人，面貌丑陋，有口才，当时郭子仪每次接见宾客，姬妾都站在旁边。只有卢杞来的时候，才把侍妾遣开。有人问他为什么，他说："卢杞长得丑，心思险恶，女人看到他一定会发笑，这样一来，将来他得志了，我们全家就都活不成了！"

貌言语，固有以欺世而盗名①者。然不忮（zhì）不求②，与物浮沉③，使晋无惠帝④，仅得中主⑤，虽衍百千，何从而乱天下乎？卢杞之奸，固足以败国，然而不学无文，容貌不足以动人，言语不足以眩世，非德宗⑥之鄙暗，亦何从而用之？由是言之，二公之料二子，亦容⑦有未必然也。

今有人⑧，口诵孔、老之言，身履夷、齐⑨之行，收召好名之士、不得志之人，相与造作言语，私立名字，以为颜渊、孟轲复出；而阴贼险狠，与人异趣⑩，是王衍、卢杞合而为一人也，其祸岂可胜言哉！

夫面垢不忘洗，衣垢不忘浣（huǎn）⑪，此人之至情也。今也不然，衣臣虏之衣，食犬彘之食，囚首丧面⑫，而谈《诗》《书》，此岂其情也哉？凡事之不近人情者，鲜不为大奸慝（tè）⑬，竖刁、易牙、开方是也。以盖世之名，而济其未形之患，虽有愿治之主，好贤之相，犹将举而用之，则

---

① 盗名：博取不实在的声誉。
② 不忮不求：不害人不贪求。
③ 与物浮沉：随世俗上下，随和处世。
④ 惠帝：晋武帝的儿子，名衷，生性愚笨。
⑤ 中主：中等智慧的君主。
⑥ 德宗：唐代宗的儿子，名适（kuò），生性贪婪下流。
⑦ 容：应当。
⑧ 今有人：指王安石。
⑨ 夷、齐：伯夷、叔齐，是古代孤竹君的两个儿子，因为互相谦让王位而离开自己的国家，一起劝周武王不要讨伐商纣，武王不听，就隐居在首阳山，后来饿死在山上。
⑩ 异趣：志趣不同。
⑪ 浣：洗衣服。
⑫ 囚首丧面：头发蓬乱像囚犯，面孔不洗像在守丧。
⑬ 慝：心里隐藏恶意、坏心眼的人。

其为天下患,必然而无疑者,非特二子之比也。

孙子①曰:"善用兵者,无赫赫之功。"②使斯人而不用也,则吾言为过,而斯人有不遇之叹,孰知祸之至于此哉!不然,天下将被其祸,则吾获知言之名。悲夫!

【译述】

有些事情一定会发生,有些道理是永远不变的。天底下只有冷静的人,才能发现隐微的预兆而知道将要发生的事情。比如看到月亮四周围绕着的光晕,就知道要刮风了,看到石柱冒汗,就晓得要下雨了,这是人人知晓的。人事的变化,道理和情势的互为因果,实在是远大而难了解,变化多端而不可测的,哪里比得上天地间晴雨冷暖的事?连贤人也有不知道的地方,为什么呢?因为心里的偏见扰乱了他的理性,而外在的利害关系又蒙蔽了他的智慧。

从前山涛看见王衍,就跟人说:"这个人一定会害天下的老百姓!"郭子仪看到卢杞,就说:"这个人要是有一天得意了,我们全家都活不了!"就现在说来,这当中的道理确实是可以看得清楚的。以我看来,王衍这个人,他的容貌和言语,足以欺骗世人,盗取虚名,可是不害人,不贪婪,为人随和,假使晋朝没有惠帝,或者他是一个中等的皇帝,就是有千百个王衍,

---

① 孙子:春秋时期齐国人,大兵法家,著有《孙子》十三篇,闻名中外。

② 善用兵者,无赫赫之功:赫赫,盛大的样子。因为将军立功,一定杀人很多,中国人讲究用兵的道理,最好是能少杀人而得到和平,所以孙子说会用兵的人,一定没有很大很惊人的功劳。

又怎么能够扰乱天下呢？卢杞的奸险，的确能败坏国家，然而他没有学问，不会写文章，容貌不能够感动人，说话也不能够迷惑别人，要不是唐德宗卑鄙下流，又怎么能让他发挥他的奸邪呢？这样说来，那二位先生预料王、卢两人的话，也不一定可信了。

现在有一个人，嘴里说着孔子、老子的话，身体实践着伯夷、叔齐的美德，收容一些好名、不得意的人，相互乱说，私下建立名号，自以为是颜回、孟子又出现了；而他的阴险狠毒，又跟别人不一样，这简直是把王衍和卢杞合并成一个人了，他的祸害，说也说不完呢！

脸上脏了，一定洗掉，衣服脏了，一定洗干净，这是一般人的常情。现在他却不同：穿着囚犯的衣服，吃着猪狗吃的东西，蓬着头像犯人，脸上脏得像专心守丧的人，可是却成天大谈《诗》《书》，这是合于常情呢？大凡做事不近人情的人，很少不是大坏蛋，像竖刁、易牙、开方等都是。靠了他盖世大名，去引发还没发生的灾祸，哪怕有渴望太平的国君，喜用贤才的宰相，还是会重用他的，那么他必然会给天下带来大祸，那就不是王、卢两个人所能比得上的了。

孙子说："善于用兵的将军，没有惊人的战功。"假如这个人不给重用，就是我的话说错了，这个人自然会感慨自己不遇，那就谁也不知道他将造成的大祸了。要不然，天下必受他的危害，而我也将获得先知先觉的名声，那才可悲呢！

第四章　苏洵文选

【赏析】

　　这也是一篇议论文。不同于《管仲论》的是，本文是讨论一个同时代的人物，有点像现在报纸上的社论或短评，它的感染力也很强。

　　这篇文章写在宋仁宗嘉祐五年（1060），苏洵五十二岁，安石三十九岁，当时王安石还没有受朝廷重用，但是苏洵已经预言"虽有愿治之主……犹将举而州之"，这话后来正好应验在神宗身上。至于王安石是不是给天下老百姓造成了大祸，倒是见仁见智，各有不同的看法，照我个人看来：王安石所主张的新法，当然有很多项是相当有眼光的，有的一直到现代还有采用的价值，但是由于：一、没有订出妥当完善的实施细则，所以流弊很多，像青苗法、保甲法等，都给老百姓带来很多不便和痛苦。二、实施得太急了，不能循序渐进地做，也没有仔细考虑客观的环境和条件，所以失败。三、用人不当，因为许多君子不肯跟他合作，他的个性又比较孤僻倔强，所以只好引用一些小人，结果一塌糊涂，很多部下做的坏事也就一起记在他头上。由此可知，王安石虽然不是坏人，却因为"不近人情"和考虑不周到，而为老百姓带来了不少痛苦。苏洵当初写成这篇文章的时候，他的儿子苏轼、苏辙读了，都不以为然地说："太过分了！"只有张方平完全赞成他。现在看来，这篇短文确实是过分了一点，但是也有说对的地方，而且技巧也相当好。

　　全文可以分五段：

　　第一段说先见之明是很不容易的。隐隐约约地暗示：我在后面所说的话，大家恐怕不会相信，但是我有充分的自信。

第二段借山涛预言王衍，借郭子仪预言卢杞的事，说出古人也有先见之明。不过到最后又有意把话收回了一大半，反说两位的预言不一定有道理。这是为下边的文章准备了一个有利的背景。

第三段用隐名的方式说王安石的言行阴险奇怪，而且肯定地说：他是合王、卢两人为一人，这一方面是借重山、郭二人的预言，一方面也表示自己的见识更超过前人。

第四段又把王安石不近人情的一面渲染出来，更强调他一定会造成大祸。他的判断虽然很大胆，他的道理却说得相当清楚。

第五段借用孙子的话来批评王安石，简直再恰当不过了。王安石的好大喜功，苏洵居然在他正式执政前许多年就看得一清二楚，不能不让人佩服。最后又做了两种相反的假设：一种情形是他的预言落空了，那么就作者来说，也许是没面子的事，对王安石来说，是不遇，但对天下来说，将是幸运的事——不过苏洵没有说得那么露骨而已。另一种情形是预言应验了，作者获得先知先觉的美名，国家、人民却会遇到不幸，因此他以"悲夫！"作结，看似低调，其实有点像狮子吼呢。

前两段等于赛跑时的预备动作，三、四两段是很卖力、很有技巧地往前跑，最后一段就等于是查对成绩和比较别人的成绩了。

第四章 苏洵文选

心　术

　　为将之道，当先治心：泰山崩于前而色不变，麋鹿兴于左而目不瞬①；然后可以制②利害，可以待敌。凡兵上③义；不义，虽利勿动。非一动之为利害，而他日将有所不可措手足也。夫惟义可以怒士④；士以义怒，可与百战。

　　凡战之道，未战养其财，将战养其力，既战养其气，既胜养其心。谨烽燧⑤，严斥堠⑥，使耕者无所顾忌，所以养其财，丰犒而优游之，所以养其力；小胜益急，小挫益厉，所以养其气，用人不尽其所欲为，所以养其心。故士常蓄其怒、怀其欲而不尽。怒不尽则有余勇，欲不尽则有余贪。故虽并⑦天下，而士不厌兵⑧；此黄帝之所以七十战而兵不殆⑨也。不养其心，一战而胜，不可用矣。

---

　　① 麋鹿兴于左而目不瞬：麋，形体像鹿而比较大。左，在旁边的意思。瞬，眼睛动一下。
　　② 制：裁断，决定。
　　③ 上：通"尚"，崇尚。上义就是重视正义。
　　④ 怒士：使士兵振奋，同仇敌忾。
　　⑤ 烽燧：烽火。古时候有敌人来侵略，就举起烽火来报信。
　　⑥ 斥堠：军队里探听敌人消息的尖兵。
　　⑦ 并：并吞，统一。
　　⑧ 士不厌兵：士兵不讨厌打仗。
　　⑨ 不殆：不懈怠。

凡将欲智而严，凡士欲愚①；智则不可测，严则不可犯，故士皆委己而听命，夫安得不愚？夫惟士愚，而后可与之皆死。凡兵之动，知敌之主，知敌之将，而后可以动于险②。邓艾③缒（zhuì）④兵于蜀中，非刘禅⑤之庸，则百万之师可以坐缚，彼固有所侮而动也。故古之贤将，能以兵尝敌⑥，而又以敌自尝，故去就⑦可以决。

凡主将之道：知理而后可以举兵，知势而后可以加兵，知节而后可以用兵。知理则不屈，知势则不沮⑧，知节则不穷。见小利不动，见小患不避：小利小患，不足以辱吾技也，夫然后有以支大利大患。夫惟养技而自爱者，无敌于天下。故一忍可以支百勇，一静可以制百动。兵有长短，敌我一也。敢问："吾之所长，吾出而用之，彼将不与吾校（jiào）⑨；吾之所短，吾蔽而置之，彼将强与吾角⑩，奈何？"曰："吾之所短，吾抗而暴（pù）之⑪，使之疑而却；吾之所长，吾阴

---

① 愚：指不自出主意，只晓得服从。
② 崄：通"险"，险要，危险的地方。
③ 邓艾：三国魏国棘阳（现在的河南省新野县东南）人，帮司马懿抵抗蜀国有功，封关内侯，后来西征西将军，蜀汉炎兴元年，率兵入蜀，从阴平（现在的甘肃省文县西北）走过无人的地方七百多里，凿山通路，山高而险，将士攀树缘崖，排成一列前进，到江油（现在的四川省江油市东），守将马邈投降，到成都，蜀后主也投降了。
④ 缒：用绳索吊下去。
⑤ 刘禅：蜀汉后主，刘备的儿子，小名阿斗。
⑥ 尝敌：试探敌人。
⑦ 去就：离开或留下。
⑧ 沮：沮丧，失望。
⑨ 校：较量。
⑩ 角：角斗，战斗。
⑪ 抗而暴之：故意暴露的意思。抗，举，拿出来。暴，暴露。

第四章　苏洵文选

而养之①，使之狎②而堕其中。此用长短之术也。"

善用兵者，使之无所顾，有所恃。无所顾，则知死之不足惜；有所恃，则知不至于必败。尺箠（chuí）③当猛虎，奋呼而操击；徒手遇蜥蜴④，变色而却步，人之情也。知此者，可以将矣。袒裼（xí）⑤而按剑，则乌获⑥不敢逼；冠胄衣甲，据兵⑦而寝，则童子弯弓⑧杀之矣。故善用兵者以形固，夫能以形固，则力有余矣。

【译述】

做将领的，原则上要先修养心性，要做到泰山在面前倒塌而脸色不变，麋鹿在旁边跳跃而眼睛不眨一下，然后才能够决断利害，对付敌人。凡是作战，要注意正义：如果不合正义，哪怕有很大的利益，也不肯调动军队去打仗。并不是一调动就有什么大害处，是怕将来会后悔不及。只有正义可以激励士气，士兵在正气的鼓励下，可以带着他们打一百场一千场仗。

打仗有打仗的方法：没打仗以前，要充实财物；快要打仗的时候，要培养实力，打仗的时候要鼓舞士气，打了胜仗以后，要

---

① 阴而养之：暗地培养他，不让人知道。
② 狎：看不起。
③ 尺箠：一尺长的长鞭。
④ 蜥蜴：爬虫，形状像蛇，不过有脚，就是俗称的四脚蛇。
⑤ 袒裼：露臂。也可解释为脱去外衣。
⑥ 乌获：古代的勇士。
⑦ 据兵：拿着兵器。
⑧ 弯弓：拉满了弓。

保持斗志。好好地管理烽火，严密地监察敌情，使农夫没有什么顾虑，这就是充实财物的方法，丰富的犒赏，充分的休养，是培养实力的方法；打了小胜仗，要格外加油，打了小败仗，要更加振作，这是培养士气的方法；用人不要完全满足他的欲望，这样才能维持他进取的斗志，所以要让士兵经常保持愤慨敌人的心情，怀着欲望而不能满足。愤慨不完全发泄，就有用不完的勇气，欲望不完全满足，才有进取心。因此哪怕已经得到天下，士兵还是不会讨厌打仗。这就是黄帝打了七十多仗而士兵仍然精神饱满的原因。如果不好好培养斗志和荣誉感，最多打一次胜仗，便没法再打了。

将军要聪明严正，士兵要一贯服从；聪明使人家猜不透他，严正使人不敢冒犯；所以士兵都把自己的生命交托给将军并且听他的命令，哪里会不服从呢？只有士兵完全服服帖帖的，才能带他们上战场去拼命。带军队打仗，一定要先了解对方的君主、对方的将领，然后才能冒险犯难。邓艾从山顶用绳子把士兵送进四川盆地，如果不是刘禅昏庸，哪怕邓艾有上百万的军队，守军也一定能够轻易地一一捉住他们，邓艾看准了阿斗无能，这才冒险进攻，终于成功。所以古代的大将，能用自己的军队来试探敌人，而又能以敌军来考验自己，这样便能正确地决定该进兵还是该退兵了。

凡是做将军的，要懂得道理，然后才能运用自如地调动军队，懂得情势，然后才可以出兵，懂得节制，然后才可以用兵。懂得道理，就不会屈服，懂得形势，就不会沮丧，知道节制，就不会穷困。看到小的利益，毫不动心，遇到小的麻烦，也不退避，小利小患根本对我毫无影响，这样才能争取大的胜利，避免大的失败。只有培养高度作战技巧而且自爱的人，才能够无敌于天下。所以忍耐可以支持最大的勇气，宁静的心境可以使人指挥自如。每支军队都有它的优点和缺点，敌人和我们一样。请问："我们军队的优点，好好地运用，敌人却不跟我们较量；我们军队的缺点，我尽量隐藏，可是敌人偏偏要来挑战，那该怎么办？"我说："我们军队的缺点，我故意暴露出来，使敌军怀疑而退兵；我们军队的优点，我暗中加强它，使敌军蒙在鼓里，终于中计。这就是运用我们军队的优点和缺点的战术。"

　　善于带军队的人，士兵没有什么好担心的，好像背后有靠山。没什么担心的事，便会觉得要他死也不怕。有了靠山，就知道自己不见得会失败。拿着一尺长的马鞭打猛虎，便能大声喊叫，拼命攻击；不然空手遇到蜥蜴，也会脸色大变而向后退，这是一般人的情形。明白了这个道理就可以带兵了。露出臂膀拿着剑，就是古代的勇士乌获也不敢逼近你，不然，戴着头盔、穿着铁甲、拿着兵器睡觉，连小孩子都敢拉开弓射死你。所以善于带兵的人要显出坚强的样子，能显出坚强的形势，打仗的力量就很充足了。

【赏析】

　　这是一篇论说文，跟前两篇不同的是：它不是针对一个历史人物或当代名人，而是针对一个问题——带兵、打仗的方法——来反复讨论。

　　为什么不取名为"为将之道"或"战术"呢？因为古代的大军事家们常说："运用之妙，存乎一心。"所以苏洵写《心术》，其实是"战术"或"将术"的含蓄说法。

《孙子兵法·始计篇》里说将者，智、信、仁、勇、严也。"这五项又被称作将军的五德。苏洵参考了历代兵家的理论，而以这五德为中心，写出这篇精悍有力的军事论文来。

全文共分五段：

第一段说明做大将的一定要有很高深的修养，镇定从容，像《三国演义》里记载关羽一面喝酒一面让华佗替他割治手臂上的箭伤，华佗的手术刀刮到关公的骨头上，关公仍旧谈笑自若，就是这种修养功夫的具体表现。至于士兵方面，最重要的是要让他们知道什么是对的，什么是错的。双管齐下，互相映衬。

第二段是说明作战的方法，一定要先充实战力，培养士气和斗志。这段里充分发挥了心理学的原理，利用人性的优点和弱点，使士兵不至于懈怠、怯懦和讨厌打仗。举例也干净利落。

第三段强调将军的智慧和威严。知己知彼，才能打胜仗，也才敢用奇兵、冒大险，这就是大智的表现。邓艾破蜀汉的例子，当然非常恰切。不过这段的后半段没有好好发挥"威严"的道理，是文章上的一个小漏洞。

第四段又拈出忍耐和宁静两种将军必备的修养。没有适度忍耐，不能表现出充分而真实的勇气；没有宁静的心境，就不能指挥得恰到好处。同时还要能善用我们军队的长处和缺点，让敌人摸不清底细。譬如诸葛亮在守军不足的情形下，用空城计对付司马懿，就是"吾之所短，吾抗而暴之，使之疑而却"的最好例证。

第五段说用兵一定要有实力，有凭借，这样才能保持信心，打败敌人。句法参差而活泼，读来非常有力量。

总之，做将军的自己先要有足够的修养，然后才能培养士兵的斗志和信心，同时要有充沛的实力，机智的方略，忍耐和决心，冒险的勇气,这才是百战百胜的充分条件。

　　这篇文章里的思想,可说是综合了儒家(如"治心""上义")、道家(如"一静可以制百动")、法家(如"智则不可测,严则不可犯")、兵家(如"能以兵尝敌,而又以敌自尝")等的思想,正好表现出作者广博的知识和触类旁通的才华。

第五章　曾巩文选

第五章　曾巩文选

曾巩，生于宋真宗天禧三年（1019），卒于宋神宗元丰六年（1083），字子固，建昌南丰（现在的江西省南丰县）人。

曾巩的祖父名致尧，五代时洁身自好，不肯做官，专心研究学问，宋太宗的时候才出来做吏部郎中，直史馆（兼国史馆编纂），著有文集一百多卷。父亲曾易占，从小有大志，江南人都知道他的大名，曾做玉山县令，碰上一个案子，被同郡的将军钱仙芝诬告去职，后来被赦免，即将回朝陈诉真相，不幸在半路上含冤死去。

曾巩小时候很聪明，四岁就开始读书了，随便读几遍，就会从头背到底。十二岁的时候试著作《六论》，写得很快，且文辞雄伟，见解也很精彩，所以他到二十岁的时候，就已经很有名气了。当时的文坛领袖欧阳修读过他的文章以后，就大大地夸奖他，认为他是天才。也就从这个时候开始，他们便结交为好朋友，欧阳修比曾巩大十二岁，地位也高，学问又好，曾巩总是把他当老师看待。

仁宗嘉祐二年（1057），欧阳修做考官，曾巩和苏轼兄弟一起高中，引起一场风波，许多没考取的考生还认为考试不公平呢。其实欧阳修正在提倡质朴有力的古文，曾巩的文章当然是典型的范文。

考中进士以后，曾巩先做太平州（现在的安徽省太平县）的司法参军，后来到开封去编校史馆书籍，做了馆阁校刊、集贤校理、实录检讨官，这些官都是"学术官"，不是编书就是校刊整理政府收藏的书籍，这倒很对曾巩的胃口。

不久曾巩又到越州（现在的浙江省绍兴市一带）做通判，任内政绩很好，对赵抃在越州所施行的救灾办法很欣赏，也就照着办理，而且罢除不合理的赋税。遇到荒年，因为政府仓库里储存的粮食不够，而四面乡村里的老百姓又纷纷拥进城里来求取粮食，曾巩灵机一动，命令属下各县分头劝导富户，筹足十五万石米粮，价钱比原来常平仓（政府的仓库）的米价钱高一点点，把它们卖给老百姓，大家都觉得很方便，因为不用走很多的路，就可以买到不算贵的米。同时还由公家借给农夫粮食种子，准许他们秋天收成以后交赋税的时候一起偿还，这样一来，土地固然不会因为农民太穷而荒废，粮食也不会缺乏了，真是一举两得。

不久，曾巩调到齐州（现在的山东省济南历城区）去做知州。那个时候齐州强盗很多，历任知州都很伤脑筋，曾巩采取恩威并济的方法，一面剿匪，一面招抚，许多强盗都受了感动而投降或自首，曾巩原谅他们多半是因为饥饿才做强盗的，就不再处罚他们，反而帮他们找职业，或分配土地给他们耕种。齐州有一个姓周的富翁，仗着他家里有几个钱，横行霸道，儿子周高更坏，到处欺侮老百姓，强奸妇女，做尽坏事。家里的衣服、饰物、用具也都十分讲究，有的根本是王侯才可以用的，他们也不管礼仪规矩，随便使用，自以为很神气。以前的州、县官吏都非常怕他，曾巩是一个有骨气的读书人，毅然拿出最大的魄力来，把他们父子抓起来，判了罪，替齐州老百姓消除了一大害。因为强盗、坏人都给曾巩制裁了，本来流浪、逃亡的人民就愿意回家乡安居了，曾巩又帮助他们整理家园，安定生活，使齐州变成一片安乐的土地，人民对他感激佩服得不得了。

后来，他又到襄州（现在的湖北省襄阳市）、洪州（现在的江西省南昌市）做官，正好当地流行瘟疫，死了不少人民，曾巩下命令给各乡各镇各驿站，叫他们都要储备治病的药品，免费给病人服用，又设立许多收容所，养护那些没得吃、没得穿的人，

第五章　曾巩文选

　　医药也一概由公家供应，完全不收费，救活了无数又穷又病的老百姓，大家把他当作"万家生佛"。之后他又被调到福州（现在的福建省福州市）、亳州（现在的安徽省亳州市）、沧州（现在的河北省沧州市）、明州（现在的浙江省宁波市奉化区一带）去做知州，他始终都尽心尽力，多了解老百姓的疾苦和问题，进一步为他们解忧谋福。他并不羡慕在朝廷做官的人，因为"做大事"比做大官更有意义——凡是对大多数人有益处的事，就是大事。

　　神宗时代，曾巩奉命回到京都开封报告他施政的情形，神宗是一位有心人，早就对曾巩的文章和政绩有了很深的印象，所以召见他的时候，殷殷慰劳，对他十分重视，留他在朝廷，判三班院。他曾经上书建议：国家的财政，开源固然必要，节流尤其重要，并且具体地举出当时许多浪费公款的事实，跟实行开源节流的方法，都非常契合时代的需要。神宗很欣赏他，曾说："曾巩认为节约是财政上的重要措施，以前的财政专家都没有这样说过。"本来很想重用他，可是宰相吕公著不知是妒忌他还是怎么的，竟对神宗说："曾巩的品格行为不如办公事的成绩，办公事又不如文章那么好。"

　　就这样，神宗没有升他的官。

　　神宗因为五朝的历史各自为书，想把它们合成一部，于是命令曾巩以史馆修撰的身份来做这件事，为了尊重他，也没有另外派别的大臣监督他，但后来没有完成。

　　最后，曾巩掌管延安郡王牍奏，是一个重要的幕僚工作，也正是他表现自己才华的最好机会。但是几个月以后，他的母亲去世了，他就按着规矩辞职回家，又过了几个月，他自己也病死了。死后追谥"文定"，学者尊称他为"南丰先生"。著有《元丰类稿》

五十卷。

曾巩是一位脚踏实地、不爱慕虚荣的君子，对朋友讲道义，重信用：对父母孝顺，对弟妹友爱，连对继母也非常孝敬，他的四个弟弟九个妹妹，都仰赖他抚养成人，读书、做事、婚姻的安排也差不多由他一手包办。

曾巩在年轻时代就已经跟王安石结交成好朋友，王安石还没有成名的时候，他热心地把王安石的文章向欧阳修推荐，由此欧阳修才大力为王安石宣扬。

王安石成名以后，因为政见不同，两人就疏远了。有一次神宗问曾巩：

"王安石这个人怎么样？"

"王安石的文学和品格不比扬雄差，只因为'吝啬'，所以比不上扬雄！"曾巩这样回答。

"咦，王安石连大富大贵都不放在心上，怎么会'吝啬'呢？"

"不，我说'吝啬'，不是指平常的说法。王安石做事很勇敢，可是该改过的时候就'吝啬'了。"

这是非常公平的说法，神宗虽然偏爱王安石，也没法替他辩驳了。

曾巩的古文对清朝的桐城派有很大的影响，所以有人称他为"桐城派古文宗师"。

第五章 曾巩文选

寄欧阳舍人书

去秋人还,蒙赐书,及所撰先大父①墓碑铭②,反复观诵,感与惭并。夫铭志之著于世,义近于史,而亦有与史异者。盖史之于善恶,无所不书;而铭者,盖古之人有功、德、材、行、志、义之美者,惧后世之不知,则必铭而见之。或纳于庙,或存于墓,一也。苟其人之恶,则于铭乎何有?此其所以与史异也。其辞之作,所以使死者无有所憾,生者得致其严③。而善人喜于见传,则勇于自立;恶人无有所纪,则以愧而惧。至于通材达识,义烈节士,嘉言善状④,皆见于篇,则足为后法,警劝之道,非近乎史,其将安近?

及世之衰,为人之子孙者,一欲褒扬其亲,而不本乎理。故虽恶人,皆务勒铭⑤以夸后世。立言者既莫之拒而不为,又以其子孙之请也,书其恶焉,则人情之所不得,于是乎铭始不实。后之作铭者,当观其人,苟托之非人,则书之非公与是⑥,则不足以行世而传后。故千百年来,公卿大夫至于

---

① 先大父:已故的祖父,即曾致尧。
② 墓碑铭:墓前的碑,古人用木头做,汉朝以后才用石头。铭,刻在石头上的文章。这种文章是专门记载死人的功德言行,以流传后世的。
③ 致其严:表达他的敬意。
④ 嘉言善状:好的言语,好的事情。状,指事实。
⑤ 勒铭:刻铭文在石头上。
⑥ 公与是:公正与事实。

里巷之士①,莫不有铭,而传者盖少。其故非他,托之非人,书之非公与是故也。然则孰为其人而能尽公与是欤?非畜②道德而能文章者,无以为也。盖有道德者之于恶人,则不受而铭之,于众人,则能辨焉。而人之行,有情善而迹非,有意奸而外淑,有善恶相悬而不可以实指,有实大于名,有名侈③于实。犹之用人,非畜道德者,恶能辨之不惑④,议之不徇⑤?不惑不徇,则公且是矣。而其辞之不工,则世犹不传。于是又在其文章兼胜焉。故曰,非畜道德而能文章者无以为也,岂非然哉?

然畜道德而能文章者,虽或并世而有,亦或数十年或一二百年而有之。其传之难如此,其遇之难又如此。若先生之道德文章,固所谓数百年而有者也。先祖之言行卓卓,幸遇而得铭,其公与是,其传世行后无疑也。而世之学者,每观传记所书古人之事,至其所可感,则往往蠤(xì)然⑥不知涕⑦之流落也。况其子弟也哉?况巩也哉!其追睎(xī)⑧祖德而思所以传之之繇,则知先生推一赐于巩而及其三世。其感与报,宜若何而图之?抑又思若巩之浅薄滞拙⑨,而先

---

① 里巷之士:乡下人。
② 畜:积蓄。
③ 侈:大。
④ 不惑:懂得道理,不迷惑。
⑤ 不徇:不徇私,不从私,不为私心而变。
⑥ 蠤然:伤痛的样子。
⑦ 涕:眼泪。
⑧ 追睎:追慕,追念。
⑨ 滞拙:愚钝,不聪敏。

生进之，先祖之屯蹶否塞（zhūn jué pǐ sè）①以死，而先生显之。则世之魁闳②豪杰不世出③之士，其谁不愿进于门？潜遁幽抑④之士，其谁不有望于世？善谁不为？而恶谁不愧以惧？为人之父祖者，孰不欲教其子孙？为人之子孙者，孰不欲宠荣其父祖？此数美者，一归于先生。既拜赐之辱，且敢进其所以然。所谕世族⑤之次，敢不承教而加详焉？愧甚，不宣。

【译述】

去年秋天，我派到您那儿去的人回来，带来您给我的信和您所写的先祖父墓志铭，我反复地诵读，又感激，又惭愧。墓志铭在世间流传，它的意义跟历史书差不多，但也有跟历史书不同的地方。因为历史书上不管好事坏事，没有不记载的；但是铭志的作品，是因为古代的人有功德、有才能、有品行、有大志，怕后来的人不知道，才用铭志来表扬。有的进献到庙里，有的保存在墓里，表面上不同，道理却是完全一样的。如果那个死人做过什么坏事，墓志铭里又怎么会说出来呢？这就是墓志铭跟历史书不同的地方。

写墓志铭，是要使死去的人毫无遗憾，活着的家人或朋友可以表示对他的敬意。这样一来，好人喜欢传扬他的事迹到后代，

---

① 屯蹶否塞：困顿不遇，遭遇很坏。
② 魁闳：大，伟大。
③ 不世出：三十年（一代）未必能出现一个。世，三十年为一世。
④ 潜遁幽抑：潜藏隐遁，抑郁不得志。
⑤ 世族：就是世家，历代都做官的家族。

便勇敢地自立立人，坏人觉得没什么值得记载的，感到惭愧，甚至有点害怕。那些有才能有见识的人，忠义英勇的人，他们美好的言行，都记载在文章里，可以做后代的模范，那种警世劝勉的效果，不是跟历史书非常相似吗？

到后来社会风气越来越不好了，一般做人家儿子、孙子的人，只是一味地想表扬自己的亲人，却不照着公认的道理来做。所以哪怕是一个坏人死了，也要替他刻墓志铭，胡吹乱言，欺骗后来的人。作者既然没法板起脸孔来拒绝人家，又因为是那个死人的子孙来拜托他写的，如果直写死者的坏事，在人情上实在说不过去，于是墓志铭便开始失去了真实的意义。后代作墓志铭，要看写的人是怎样一个人，如果拜托的人不得当，他写出来的就不公平，不真实，那么就不能够流传世间和传给后代了。所以近几百年来，从做大官的到乡下人士，几乎没有一个死后没有墓志铭的，但是真正能流传下来的实在很少。这倒也没有什么别的原因，只因为所托的人不得当，他所写的也不公平，不真实。那么，要怎么样的人才能做到公平和真实呢？不是有道德、文章又写得好的人是无法胜任的。道理很简单：有道德的人，一定不肯替坏人写墓志铭；同时在许多人当中，他能分辨好坏。人的品行不同：有的用意良善，结果却不好，有的心地奸险，外表却装作好人，有的好事坏事都做，很不容易具体地分辨，有的实力超过他的名望，有的名不副实，就像用人一样。不是有很高道德修养的人，又怎么能清清楚楚地辨别他们，不怀一点私心地批评他们呢？不迷惑、不徇私，便能做到公平和真实了。可是如果他的文章不够好，依然不会在这世上好好流传，所以要在文辞方面也很出色才行。前面说过：不是有道德又能写很好的文章的人，是无法胜任的。难

第五章 曾巩文选

道不是吗？

但是，有道德又很会写文章的人，也许当时就有，也许要等上几十年，也许等一两百年才有。一个人的德行要能够流传后世，已经不太容易，要碰到一个真正能写墓志铭的人，更不容易。像您先生的道德文章，确实可以算是几百年才有一位的。先祖父的言行都很杰出，幸而能够碰上这样一位写铭既公平又真实的作家，看来必定能够流传后世，永远不朽了。一般读书人，往往读了传记中所记载的古人的事，有让人感动的，就悲痛得不知不觉地流出了眼泪。何况是死者的子孙呢？更何况是我自己呢？我想念先祖的德行，自然而然地会想到他传颂不已的原因，这才知道先生不只是对我有很大的恩惠，而且还推广到我家三代，我又怎么能表达我对您的感激，怎样能报答您的大德呢？又想到像我这样浅薄愚笨的人，先生却提拔我，先祖父由于困顿不得志而死，先生却表扬他。那么天下的大豪杰和三十年不容易一见的人物，哪一个不愿意到先生的门下来呢？潜藏隐逃、抑郁不得志的人，哪一个不对这世界重新兴起信心呢？好事谁不愿做，做了坏事谁不感到惭愧害怕？做人父亲和祖父的，谁不想好好教导他的子孙？做人子孙的，又谁不想荣耀他的父亲和祖父？这几桩好事，都该归到先生身上。我已经额外地拜受了您的墓志铭，现在又向您表示感激的心意。至于先生所告诉我的世代家族的次序，又怎敢不承受您的教导而详细考究呢？真惭愧啊，我实在不能完全地表达我的心意。

【赏析】

　　这是一篇书信体的论说文。表面上是一封道谢的信,实际上却是借此讨论写墓志铭的困难,以及一个人要想流传后世的不易。

　　曾巩的祖父致尧,是一位清廉正直的官员,所以欧阳修愿意为他写墓志铭,不只为了他跟曾巩的私交,更由于敬重曾致尧的为人,否则他就难免也犯了"徇私"的毛病了。曾巩虽然没有正面说到这一点,实际上的意思却已经点到了。因此,表面上只是感谢欧阳修的大手笔,实际上也非常含蓄地表扬了自己的祖父,这真可以说是一箭双雕的作法。

　　全信分四段:

　　第一段由感谢对方为自己祖父写铭说到墓志铭和历史书的不同,伏下下文对墓志铭的正反议论。

　　第二段又反过来说墓志铭和历史书相同的地方:可以劝勉好人好事,也可以警戒坏人坏事。他把世间的人分为圣贤、善人、恶人三种,圣贤的墓志铭对后人有启示作用;一般好人、坏人,则受了墓志铭的潜在影响力的感染,在行为上有一种改变或加强。

　　第三段写近代墓志铭的厄运:它已经变成缺乏标准的应用文了,往往只顾人情,而不管公平、真实的原则。后半猛然一转,说出写作墓志铭最理想的人选:既有道德,又有文才。这么一来,整篇文章的脉络又跟第一段连接上了。第一流的墓志铭就是第一流的历史传记,第一流的墓志铭作者,不也就是第一流的历史家?

　　第四段说两个条件齐全,是不容易的:死者要有美好的德行功业,作者要有道德修养和出色的文才。而曾巩的祖父却偏偏得到这么好的命运。于是他以最含蓄也最强烈的方式,表达了他对

第五章　曾巩文选

欧阳修的感激。这份感激，由个人而家族，已经是一种难能可贵的扩大，没想到曾巩又把它引申到一切当代的豪杰人物、高隐之士，甚至所有的儿孙，所有的父亲、祖父！这样的赞誉，欧阳修是不是当得起是一回事，曾巩说得那么真挚，却是谁也不会怀疑的事。

写文章一定要懂得扩大、加强讨论的广度和深度，曾巩这封书信，可以说是两方面都做到了。

赠黎、安二生序

赵郡①苏轼，予之同年友②也，自蜀以书至京师遗予，称蜀之士，曰黎生、安生者。

既而黎生携其文数十万言，安生携其文亦数千言，辱以顾予。读其文，诚闳壮③隽伟④，善反复驰骋，穷尽事理，而其才力之放纵，若不可极者也。二生固可谓魁奇⑤特起之士，而苏君固可谓善知人者也。

---

① 赵郡：现在的河北省赵县。苏轼本人虽然是四川眉山人，但是他的远祖苏味道却是唐朝赵州人，所以这么说。
② 同年友：同年考中进士的朋友。
③ 闳壮：宏壮刚强。闳：宏。
④ 隽伟：隽永伟大。
⑤ 魁奇：杰出，特殊。

· 135 ·

顷①之，黎生补江陵②府司法参军③，将行，请予言以为赠。予曰："予之知生，既得之于心矣，乃将以言相求于外邪？"黎生曰："生与安生之学于斯文④，里之人皆笑以为迂阔⑤。今求子之言，盖将解惑于里人。"予闻之，自顾而笑。夫世之迂阔，孰有甚于予乎？知信乎古，而不知合乎世；知志乎道，而不知同乎俗。此余所以困于今而不自知也。世之迂阔，孰有甚于予乎！今生之迂，特以文不近俗，迂之小者耳，患为笑于里之人。若予之迂大矣，使生持吾言而归，且重得罪，庸讵⑥止于笑乎？然则若予之于生，将何言哉？谓予之迂为善，则其患若此；谓为不善，则有以合乎世，必违乎古，有以同乎俗，必离乎道矣。生其无急于解里人之惑，则于是焉，必能择而取之。遂书以赠二生，并示苏君以为何如也？

【译述】

赵郡的苏轼，是跟我同年考取进士的好朋友。他从四川寄了一封信到京都给我，称许四川的两位书生，一位姓黎，一位姓安。

后来，黎生带了他的几十万字文章，安生也带了几千字的文章，很谦虚地来看我。我读了他们的文章，觉得它们的确雄壮隽永，能反复发挥，把事情的道理剖析得很透彻。他们的才华奔放，

---

① 顷：不久。顷之：不久以后。
② 江陵：现在湖北省荆州市。
③ 司法参军：官名。郡府中的军法官。
④ 斯文：这种文章，指古文，而不是骈文或专门应付考试的文章。
⑤ 迂阔：迂曲高远，不切实际。
⑥ 庸讵：反问语，等于"岂止"。

好像没有止境似的。这两位先生的确可以称得上是杰出的读书人，而苏先生也可说是善于认识人才。

不久，黎生补上江陵府司法参军的缺，快要动身的时候，请我说几句赠别的话。我说："我心里了解你，又何必说出来呢？"黎生说："我跟安生一起学做古文，家乡的人都笑我们迂腐。现在请您说一些话，好拿来解除那些同乡的疑惑。"我听了以后，觉得好笑。这世界上的人中，还有谁比我更迂，更不合时宜的呢？只晓得相信古人的话，而不知道迎合时尚，只晓得追求道德，而不懂得配合世俗。这就是我不得志而自己还蒙在鼓里的缘故了。世间的人，还有谁比我更不合时宜的呢？现在看看你黎生的迂，只是为了写古文不合世俗的要求，这是小迂，大不了给同乡的人嘲笑几声罢了，没有什么关系。至于我的不合时宜，那可是大迂特迂，假使你带了我说的话或者我写的文章回去，恐怕不止给人嘲笑，还要大大地得罪人呢！所以说嘛，像我这样的人，该对你说些什么呢？要是说我的迂是好的，可是它却明明有那么大的害处，要是说它不好，那么迎合时髦，一定会违背古人的道理，配合世俗，一定会远离道德。我想你还是不要急着解除那些同乡人的疑惑吧，你自己一定能在两条路线当中选一条正确的路。现在我就把这些话写给你们二位，同时也请教苏兄：您认为对不对？

【赏析】

这是一篇赠序类的古文，跟韩愈的《送董邵南序》一样。不过这篇的作法比较正常，并不沾带讽刺或反面的暗示，话说得很诚恳，很实在。

全文可分三段：

第一段说明作者对黎生、安生最初的印象是由苏轼提供的。

第二段记述黎生、安生跟他认识的经过，也顺便称赞了他们的文章，由他们的文章又认定他们是杰出的人才，并回应第一段，推许苏轼知人。

第三段是本文的重心。作者由黎生求他说些赠别的话，而引出迂与不迂、小迂与大迂的议论。所谓小迂，就是学写古文；所谓大迂，就是相信古人的话，追求真理和道德。这两种"迂"，在一般人看来，都是不切实际，而且有点可笑的。但是曾巩很含蓄地启示黎、安二生，天下不同的人一定有不同的价值观念：世俗的人认为你迂，也许正因为你选择了一个正确的方向，做了一些正当的事。你又何必因为周围的人嘲笑你、不了解你，而改变自己，或念念不忘、耿耿于怀呢？

譬如在今天的社会里，大家都认为赚钱很重要，将来长大了，不是学医做医生（做医生当然也可能是"做大事"，但为了赚大钱而做医生就不是了），就是进入工商企业界做事，这样才算"有出息"，至于自己的兴趣、社会上其他人的幸福等等，都可以不管。如果你是一个有特别有志向的人，想为国家社会做一番大事，甚至做一个造福全人类的伟人，也许会有许多同学、邻居笑你，甚至你的爸妈哥姐都不了解你，这时候，你就一定不要忘了曾巩在这篇文章里所说的话："无急于解里人之惑"，继续把握自己的方向，创造自己的命运。

这篇文章，如果读者能够不咬文嚼字地去死读，一定能读出它永恒的价值。

墨池记

　　临川①之城东，有地隐然而高，以临于溪，曰新城②。新城之上，有池洼然而方以长，曰王羲之③之墨池者，荀伯子④《临川记》云也。羲之尝慕张芝⑤，临池学书，池水尽黑，此为其故迹，岂信然邪？

　　方羲之之不可强以仕，而尝极东方，出沧海⑥，以娱其意于山水之间，岂其徜徉⑦肆恣⑧，而又尝自休于此邪？羲之之书晚乃善，则其所能，盖亦以精力自致者，非天成也。然后世未有能及者，岂其学不如彼邪？则学固岂可以少哉？况欲深造道德者邪？

　　墨池之上，今为州学舍。教授王君盛恐其不章⑨也，书"晋

---

① 临川：现在的江西省抚州市临川区。
② 新城：在临川县东，不是现名黎川县的那个新城。
③ 王羲之：东晋人，字逸少，王导的侄儿，做过右军将军，人称王右军，大书法家，他的草书、隶书尤其是古今第一。
④ 荀伯子：南朝宋之人，原为东晋的著作佐郎，跟徐广一起修国史，到了宋朝，做东阳太守。
⑤ 张芝：后汉书法家，酒泉（现在甘肃省酒泉市一带）人，字伯英，擅长草书，临池学字，池水都被墨染黑了。后人称他为"草圣"。
⑥ 沧海：就是大海。海水是青苍色的，所以叫沧海。
⑦ 徜徉：徘徊，漫步。
⑧ 肆恣：放纵，毫无拘束。
⑨ 章：通"彰"，显著。

王右军墨池"之六字于楹①间以揭之，又告于巩曰："愿有记。"

推王君之心，岂爱人之善，虽一能不以废，而因以及乎其迹邪？其亦欲推其事以勉其学者邪？夫人之有一能，而使后人尚之如此，况仁人庄士之遗风余思，被于来世者如何哉。

庆历八年九月十二日，曾巩记。

【译述】

临川城东边，有一块高耸的地方，隐隐约约的，靠在溪边，叫作新城。新城上面，有一个凹下的池塘，呈长方形，据南朝荀伯子写的《临川记》里说：这就是当年大书法家王羲之靠着池边写字的墨池。羲之曾经羡慕张芝靠在池边学字，弄得池水全染黑了。这就是他写字的遗迹，不知可信不可信。

当年王羲之不肯勉强去做官，而一直到最东边去游玩，出了大海，在山水当中享受生命的乐趣。难道说他曾到处浪游，而又在这儿歇脚休息吗？羲之的字，到了晚年才成熟，那么他的成就，也是努力得来的，不是完全靠天才。可是后世的人没有比得上他的，恐怕是他们学习的工夫不如他那么深吧？这样看来，人怎么可以不努力学习呢？学字如此，何况想修养高雅的道德呢？

墨池上边一带，现在是州学校的校舍。州学校教授王盛先生唯恐一般人不知道，特地在楹柱上写了"晋王右军墨池"六个字，让大家都一目了然，又对我说："但愿你能写一篇《墨池记》。"

我推想王先生的心意，大概是他欣赏别人的长处，哪怕只是

---

① 楹：房室间四根直柱当中的前面两根，旁边没有依傍的。

一种技艺也不放过，并且因此对那位古人的遗迹也珍爱起来了。他恐怕是想借着表扬王羲之的事情，来鼓励他的学生们吧？一个人有一种专长，还会让后人那么仰慕，何况仁人君子的美德善行，对后代发生很大的影响呢？仁宗庆历八年九月十二日曾巩记。

【赏析】

这是一篇夹带议论的记述文。

它的主题有三：一、君子对别人的长处要懂得珍爱，甚至念念不忘，设法为他宣扬，像王盛教授便是这样的一个范例，哪怕王羲之只有字写得好一种专长（其实羲之的人品和文章也很好）。

二、从王羲之的墨池那么受后人重视，推想到一个人在世界上只要努力，一定会有成就，而天赋是不可靠的。学习的工夫够不够，才是成功与否的关键。

三、一种技艺都能使后人那么重视，何况在德行功业思想方面有很高造诣的仁人君子，他们的不朽，受尽后人的膜拜，更不在话下了。以此勉励读者进德修业。

全文可分四段：

第一段写出墨池的地理位置、形状、历史渊源。

第二段由墨池想到王羲之当年的高风亮节和飘逸的行踪，进一步探讨他书法方面的成就：一方面，池子的染黑，就代表了王羲之学字的勤勉，另一方面，羲之字到了晚年才出神入化，炉火纯青，可见他不是只靠天赋成功的，因此直截了当地点出苦学的重要性。

第三段又由古代回到当代：叙述州学校的王盛教授如何爱惜

墨池，以及这件事所象征的意义，顺便说到他作记的动机。

第四段把前述的第一、第三两个主题加以发挥，用了三个反问句，比正面的说教更有力量，跟第二段的作法近似。

写这种记述、议论糅合在一起的文章，作者一定要头脑清楚、思想活泼，否则难免会弄巧成拙。

第六章

王安石文选

第六章　王安石文选

　　王安石，生于宋真宗天禧五年（1021）十一月十二日，卒于哲宗元祐元年（1086），字介甫，抚州临川（现在的江西省抚州市临川区）人。

　　王安石的父亲名益，生他的时候正做着临江军判官，后来以殿中丞的身份做韶州（现在的广东省韶关市）知州，最后做到员外郎。王益在长江南北各地做官，王安石也跟在身边，自然接触到不少社会人物，因此对民间疾苦了解很深，在他少年时代，便有很高的抱负，决心将来努力改革政治。

　　王安石从小聪明过人，记性特别好，据说任何书籍读一遍就能够牢牢记住了，他写文章的天赋也很高，灵感常常像泉水一样地涌上来，埋头快写，好像不假思索似的，写成以后一看，精妙极了，布局好，修辞好，气势也充沛。

　　十六岁跟随父亲游京都，跟曾巩结为好朋友，以兄长的礼节待他，后来曾巩把王安石的文章推荐给欧阳修，欧阳修欣赏得不得了，写了一首诗给他，说："将来谁能跟你竞争呢？"这样一来，王安石才开始成名，而且名气一天比一天大。

　　仁宗景祐四年（1037），王益做了江宁（在现在的江苏省南京市）通判，王安石也到了任所。不幸父亲在仁宗宝元二年（1039）死在江宁，葬在牛首山，他们一家子从此以后也不得不侨居江宁。

　　仁宗庆历元年（1041），王安石二十一岁，到京都参加礼部的考试，二年三月发榜，因为欧阳修等人的提拔，王安石高中进士第四名。当时有一种有趣的传说：他的文章原来被好几位考官评作第一名，可是后来仔细再看，发现文章里有不少犯忌讳的地方，只好把他改成第四名。王安石并没有把这件事放在心上，但这也反映了他是一个有见识、有勇气的读书人，哪怕参加朝廷的考试，也敢写出自己心里的话，不怕触犯忌讳，不怕给自己招来麻烦。

考中以后，王安石先担任淮南（现在的安徽省淮南市）判官。三年期满，按照当时的规矩，他可以献上一两篇文章，请求参加甄选，以便调到中央政府去做官，先做秘阁校书（等于国家图书馆编纂一类的官职），然后才一步步地升上去，但是，王安石喜欢在地方上多为老百姓做一些实际的事情，所以放弃回京的机会，不久调任鄞县（现在的浙江省宁波市鄞州区）知县。到任以后，便大兴水利，修筑堤防，开凿池塘，并且以很低的利息借钱给农民，一方面增加农田生产，一方面解除青黄不接的痛苦，受到许多人的称颂。不久又调为舒州（现在的安徽省潜山市）通判，也做了不少造福百姓的事。任期告满的时候，王安石仍旧不想请求诏试，宰相文彦博和欧阳修都竭力向各路首长及朝廷推荐王安石，说他做事笃实，生性恬淡，不爱慕虚荣，请皇上特别提拔他。

王安石仍然不肯应试，皇帝便破例任命他做集贤院校理，他还是尽量推辞。欧阳修再推荐他做谏官，王安石还是以祖母年老，需要他奉养为理由，没有上任。接着又叫他做群牧司判官，他因为已推辞了好几次，不便再辞，只好就任。群牧司是主管全国养马工作的机关，由清廉公正的包拯做首长，王安石很快就成了他的得力助手。

仁宗嘉祐二年（1057），王安石调到常州（现在的江苏省常州市）做知州。他生活简朴，勤政爱民，像以往一样，很得老百姓的爱戴。第二年调任江南东路提点刑狱，在任内取消榷（què）茶法，停止了江东（现在的江南）一带的茶叶专卖，以免茶农受到层层剥削。嘉祐五年（1060），他又调任三司度支判官，负责

第六章 王安石文选

掌管国家的财政收支,他因为在地方上工作十多年,经验丰富,又关心老百姓的各种问题,所以向仁宗上了一封万字以上的信,指出当时全国财力日渐穷困,风俗也日渐败坏,关键就在于大家不守规矩,也不能效法先王的政治措施。仁宗没有采纳他的建议,反而叫他修起居注,记录皇帝的生活及言行。王安石志在治国治民,不屑做这种琐碎的工作,所以不肯接受,为了表示态度坚决,竟把自己家里的大门关起来,不接见任何客人,送任官令的公差来找他,他就躲进厕所里去,公差很头痛,只好留下敕命(皇帝的命令),他赶紧派人追上去把它奉还,公差怕交不了差,再一次送到王府,王安石又派人送回,一连几次,王安石才不情不愿地收下。

仁宗嘉祐六年(1061),王安石知制诰,为皇上代撰圣旨、文告、应酬的文章,别人对这个职务想求都求不到,王安石却一点也不稀罕,只觉得没什么意思,还在诗里说:"可怜无补费精神"——意思就是说白费许多心力,对国计民生没有一点益处。不过皇帝对他比以前更加赏识,他的名气也越来越大。

嘉祐八年(1063)八月,他的母亲吴太夫人在京都死了,许多达官贵人都来吊丧,只有刚直的苏洵不肯去吊祭。

英宗治平二年(1065)七月,他的三年母丧已经守完了,皇上降旨要王安石回京,安石以有病推辞,仍待在江宁。

神宗在两年以后即位,年纪只有二十岁,锐气十足,有心大规模改革朝政。王安石虽然屡次没有奉诏上任,实际上他的野心却大得很,只想早点做上宰相,一展他的抱负,于是结交中原最显贵的两个家族韩、吕,和韩绛(jiàng)、韩维、吕公著等交往密切,他们也随时替他宣传。神宗做太子的时候,韩维做他的记

室(等于现在的秘书),每次说话受到太子的称许,一定会说:

"这不是我的主张,是我朋友王安石的见解。"

所以神宗对王安石的印象非常深刻,十分想见他一面,可惜王安石老是不肯回京。神宗上台以后,便命令王安石做江宁府知府,这是南方最重要的一个地方,明眼人一看就知道他要受重用了。果然,几个月后,又召他做翰林学士兼侍讲,俨然成了皇帝的老师和参谋。

神宗熙宁元年(1068)四月二日,王安石四十八岁,奉命不按次序入宫,接受皇帝的询问。神宗问他:

"治理天下,什么事最重要?"

"选择恰当的方法最重要。"王安石胸有成竹,侃侃而谈。

"你看唐太宗这个人怎么样?"神宗用灼灼的眼神望着他,心里显然想拿自己来比唐太宗。

"皇上应该学唐尧、虞舜!唐太宗算什么。"好大的口气。

"唐太宗得着一个敢劝谏的魏征,刘备得着一个很有智慧的诸葛亮,才能做出一番大事业来,那两位先生实在了不起。"

"皇上只要能做到尧、舜的地步,"王安石只管说他自己的,"那么您身边自然会有皋陶(gāo yáo)、夔(kuí)、稷(jì)、契一类的大臣,您能做到殷高宗的地步,便自然会出现傅说(yuè)这样的人。"很显然的,王安石隐隐地以皋陶、夔、稷、契、傅说自居。

从此以后,神宗对王安石更加器重了。最初还怕提拔王安石太快,会引起其他大臣的反感,到了这时候,什么也顾不了了。

熙宁二年(1069)二月,命王安石做参知政事,并且和陈升之同负责制置三司条例司,商议推行新政。五月,王安石又上书,

第六章 王安石文选

使神宗对他格外信任,并全力支持他变法的建议。他受到这种前所少有的宠信,便大刀阔斧地展开了全新的一页历史——熙宁变法,或者说是"王安石变法"也可以。

熙宁三年(1070),王安石升任同中书门下平章事,也就是正宰相,掌握了治理天下的大权。

他的新法内容包括:青苗法——借给农民公款,使他们播种时有根苗有肥料,市易法——把民间销路不好的货物,由公家用平价买进,或以其他物品交换,以免奸商乘机抬高物价,免役法——把差役改成雇役,一般人向公家按资产多少分别交钱,叫作"免役钱",公家就用这笔钱另外雇人服劳役,均输法——是沟通江、浙、荆(河南省的一部分)、淮上(江苏省、安徽省的一部分)和京都各地的物资,互通有无,贮存、交换,减少车船转运和人民的劳苦,方田均税法——重新清量全国土地,划为相同的单位,分五等以决定税率,保甲法——严密地方组织,每家出壮丁,又行连坐法;保马法——由志愿的义勇代公家养马,死了病了要负责赔偿;置军器监——招募良工匠师,制造精良武器,以充实国防,立太学三舍法——州县都建立学校,增加京都的太学生,分内舍、外舍、上舍,逐等升级,此外还加设律学、医学、武学等,取消考诗赋,改考经义、策论。

这一连串的新政措施,确实眼光远大,设想周到,就是我们在今天看来,也还有很大的价值。为了贯彻命令,他还派出提举官四十多人,把各项新法颁行天下各地。

王安石执政以后,任用吕惠卿、章惇等做左右手,他们常替他出许多主意,他的儿子王雱也参与其中。不久王雱乘机舞弊贪污,引起很多人批评;在朝在野的许多名人,都纷纷起来反对新法，同时攻击这些执行新法的人，但是王安石的个性非常固执，固执到有点孤僻的地步，所以依旧独断独行。许多政府的大臣和元老，都因为反对王安石而被他贬官、放逐，如吕诲、吕公著、范镇、范纯仁、张方平、程颐等，甚至做过宰相的富弼也不能例外。欧阳修退休了，苏轼兄弟也被罢官、加罪。司马光反对他，神宗还帮王安石答辩。弄到后来，几乎所有的反对者都被抓起来治罪，人民连说话的自由也没有了。

熙宁六年（1073）春天，碰上大旱灾，老百姓怨声四起，慈圣、宣仁两位太后也知道了，流着泪对皇帝说："安石弄乱了天下。"

神宗听了，心里很难过，就请王安石来，对他很和缓地说：

"听说老百姓对新法很不满意。"

"天冷、天热、下雨，老百姓也都会埋怨，所以这不用放在心上。"

神宗说："要是根本听不到人民埋怨天冷天热或下雨该多好！"

王安石听了很不高兴，就此假托有病，好一阵子不上朝。

这时候，王韶克复河北，又收复洮州、岷州、迭州、宕州，阻止了西夏的侵略，神宗认为这也是王安石的功劳，特地解下身上的玉带赏赐给他，表示慰劳，也希望他对上次的事不要有芥蒂。

不料王安石的第一心腹吕惠卿，为了满足自己的野心，竟然出卖了他，在神宗面前告了他一状："王安石不走正路，专搞纵横家的花招，同时还写了一封欺君的信。"

神宗把那封信交给王安石，安石说他没有写，神宗不大相信。安石回家以后，立刻向儿子王雱查问，才知道是他假托父亲的名义所写，安石把他痛骂一顿，王雱又气又后悔，背上的疽（jū）

第六章 王安石文选

疮发作,在三十三岁时死去了。

王雱一死,王安石更觉得孤单。熙宁七年(1074)四月,几次上章辞职,神宗也烦腻了,就罢免他宰相的职位,改为观文殿大学士兼江宁府知府。安石推荐吕惠卿、韩绛代行自己的职务,哪知人心难测,这两个人反而设法诬告他,陷害他。八年二月,安石又恢复宰相地位,神宗又说了一次老话:"民间觉得行新法很苦。"王安石气得很,再托病辞职,又罢为镇南军节度使,同平章事,判江宁府。十年,三次辞江宁府事,神宗任命他为集禧观使。元丰元年(1078)还升他做尚书左仆射,封舒国公,元丰三年(1080),改封荆国公,以后就定居江宁城外的钟山(紫金山),专心写诗并研究学术。

王安石在钟山建筑了一些简单的房屋,种了不少花木,取名半山园,自号半山。元丰七年(1084),他和政敌苏轼会面,谈得很投机,并且接受苏轼对他的批评,可见他的修养已经比以前好多了。

哲宗即位以后,由高太后临朝听政,大赦天下,为了酬劳王安石的辛勤,特别进封他为司空,但对新法,则顺应民意,逐渐废除,王安石所任用的人也一个个离职,王安石烦恼极了,终于发病而死,享年六十六岁。赠太傅,谥号"文"。

王安石新法的失败,原因有四个:

一、用人不当:任用了不少小人,误事不小。

二、欠缺有效周密的实施细则,也没有充分的监督和检讨。

三、守旧的大臣反对得很强烈。

四、王安石的个性太倔强,不能平和、豁达地面对种种问题。

王安石的文章简洁而厚实,有些也表现了孤峭的特色,有点像司马迁，也有点像韩愈和柳宗元。诗在晚年尤其成熟，深沉委婉，富有言外之意。著有《王临川全集》《三经新义》等。

读《孟尝君传》

世皆称孟尝君①能得士，士以故②归之，而卒赖其力，以脱于虎豹之秦③。嗟乎！孟尝君特鸡鸣狗盗④之雄耳，岂足以言得士？不然，擅齐之强，得一士焉，宜可以南面⑤而制秦，尚何取鸡鸣狗盗之力哉？

夫鸡鸣狗盗之出其门，此士之所以不至也。

---

① 孟尝君：战国时期齐国靖郭君的儿子，姓田名文，做齐国的宰相，封于薛（现在山东滕县西南的薛城，为枣庄市辖区），号孟尝君，养贤士食客几千人。到秦国，秦昭王想杀他，靠了他平常养在家里的食客会学鸡叫、狗盗，才能免难。《史记》有《孟尝君列传》。

② 以故：因此之故，是这个缘故。

③ 脱于虎豹之秦：孟尝君到了秦国，秦昭王把他捉起来，就要杀他了，孟尝君的食客里有一个会学狗爬偷东西的，趁着黑夜像狗一样地溜进秦国宫殿里，偷走孟尝君献给昭王的白狐袭，送给昭王宠幸的姬妾，那位宠姬就对昭王说了一些好话，使昭王放走了孟尝君。孟尝君立刻带着随从，奔驰离去。夜半到函谷关，那儿有一项规定：清早鸡叫以后，才能放客人出关。孟尝君怕昭王后悔，又派人追上来，心里正在着急，食客里有一位会学鸡叫的，就像公鸡一样地叫了起来，他一叫，四周的鸡都响应起来，守关的人就打开了大门，放他们过去。

④ 鸡鸣狗盗：学鸡叫，学狗偷东西，后来专指有小技巧而不正派的人，甚至就指小偷一类的人。

⑤ 南面：古时候帝王的座位向南，所以引申作帝王的地位或帝王。

第六章　王安石文选

【译述】

　　一般人都称赞孟尝君能收容不少贤能的食客，贤能的人也因此而纷纷归向他，最后孟尝君确实还是靠了他们的力量，从猛虎似的秦国脱险回来。唉！孟尝君只是一个鸡鸣狗盗的头目罢了，怎么谈得上能得贤人呢？要不然，就凭齐国的富强，只要得到一个贤人，就应该可以南面称王，制伏秦国，哪里还用得着那些鸡鸣狗盗的小人物帮忙呢？鸡鸣狗盗的人物都待在他家里，所以真正的贤人便不肯来了。

【赏析】

　　这是一篇序跋类的古文，也就是读后感。

　　王安石在读了《史记·孟尝君列传》以后，有很深的感想，看出别人所看不出的问题，所以写了这篇文章。全文只有一百字左右，却能对孟尝君做一个新的评价。前半段说明孟尝君在一般人心目中的印象，后半段提出他自己的相反的看法，并说明理由。

　　学鸡叫，学狗盗，只是不太光明正大的小伎俩，怀有这种本领的人，绝对不能算是贤人。固然孟尝君家里养的客人中，也有像冯谖那样为孟尝君赢得人民爱戴的贤人，但是在王安石的心目中，真正的贤人是不屑跟鸡鸣狗盗之徒待在一起的，所以一般人对孟尝君称美不已的事，其实正是他最大的弱点。

　　王安石常能以过人的智慧和眼光，看到一般人所看不到的问题或现象，而且能用洗练有力的文字表达出来，使人难以反驳。这篇短文就是一个很好的例子。

伤仲永

　　金溪①民方仲永，世隶耕②。仲永生五年，未尝识书具③，忽啼求之。父异焉，借旁近与之。即书诗四句，并自为其名。其诗以养父母、收族为意，传一乡秀才观之。自是指物作诗立就，其文理皆有可观者。邑人奇之，稍稍宾客其父，或以钱币乞之。父利其然也，日扳④仲永环谒（yè）⑤于邑人，不使学。

　　予闻之也久。明道⑥中，从先人还家，于舅家见之，十二三矣。令作诗，不能称前时之闻。

　　又七年，还自扬州⑦，复到舅家，问焉。曰："泯然⑧众人矣。"

　　王子曰：仲永之通悟⑨，受之天也，其⑩受之天也，贤于

---

① 金溪：现在的江西省金溪县。
② 世隶耕：世代做佃农耕田。
③ 书具：文具。
④ 扳：拉，牵……手。
⑤ 环谒：到处拜见。
⑥ 明道：宋仁宗年号，公元1032年到1033年。
⑦ 扬州：现在的江苏省扬州市。
⑧ 泯然：茫茫然，平凡的样子。
⑨ 通悟：慧悟，悟性很高。
⑩ 其：如果。

第六章　王安石文选

材人^①远矣！卒之^②为众人，则其受于人者不至也。彼其受之天也，如此其贤也，不受之人，且为众人。今夫不受之天，固众人，又不受之人，得为众人而已邪？

【译述】

金溪人方仲永，家里世世代代都是替人耕田的。仲永五岁的时候，还没有接触过文具，有一天忽然哭着要家人给他文具。父亲很惊讶，向邻居借来给他。他立刻写了四句诗，并且题了自己的名字。那首诗的内容，是说一个人应该奉养父母，爱护族人。当时父亲就把它传送给乡里的秀才们看。从此以后，只要指着一样东西叫他作诗，他马上就会写好，而且文辞、内容都不错。同乡的人很惊异，有时还宴请他的父亲，也有人出钱买仲永的诗文。父亲觉得这样有钱可赚，就每天牵着他的手，到处去拜见同乡的人，而不教他读书。

我早就听说这件事了。仁宗明道年间，我跟随先父回家，在舅舅家里看到他，他已经十二三岁了，叫他作诗，写出来的作品配不上他以前的声名。

再过七年，我从扬州回来，又到舅舅家，问舅舅仲永这孩子现在怎么样了，舅舅说："唉，变得跟一般人一个样子了。"

王先生说：仲永的聪明过人，是一种特殊的天赋。假使后天再好好地学习，他一定比一般有才能的人还高明。但是他最终变

---

① 材人：才人，有才能的人。
② 卒之：终于。

得跟普通人一样，完全是因为他后天的学习不够。像他这样的天才儿童，本来那么聪明，后天不学习，还会变成普通人，那么那些没有天赋的人，本来就平平凡凡，再不好好学习，岂止成为一个普通人而已呢！

【赏析】

这是一篇记叙文，但是最后一段完全转为议论。

天才是什么？是良好的天赋和不断的努力配合在一起所形成的结晶。王安石借一个真实的人物，来说明所谓"天才儿童"的问题。这是一个教育问题，也是一个社会问题，所以王安石用《伤仲永》做篇名，便透露了他深自慨叹的心情。

全文分四段：

第一段介绍方仲永的家世和特殊表现，以及他的父亲、乡里间的人对他的态度。他们是把他当作摇钱树以及表演写诗的小丑。

第二段记王安石初见仲永的情形：他的诗已经比不上以前了。

第三段记七年后舅舅的话，说方仲永已经变得跟普通人一样了。

这三段好像由高而低的三个阶梯，越走越低，这也正好紧紧扣住了本文的主题：天才儿童的维护和教育是一件很不容易的事。

第四段一开始的"王子曰"是古人写文章的一种特殊方式，有点像《史记》上的"太史公曰"（不过也有人说那个"太史公"是指司马迁的父亲的），其实就是"我说"或"我认为"，不过为了表示客观起见，才这样说。这一段纯粹是就仲永这个特别的人物做例子，来发挥作者对学习、对教育的重视，并且对读者充满了勉励的意思。

　　现代社会,像方仲永这样的天才儿童或天才少年,也常常会在某一个角落出现,有时则更受报纸、电视等的宣扬、传播,他们能不能避免变成大人的摇钱树或炫耀的工具?他们会不会甘心做社会上好奇人士眼底的小丑或"演员"?这是一个很大的问题,也是家长、老师、少年自己应该共同注意的事情。

　　好好接受正常的教育,不要受虚荣心的陷害,不要受周围环境的迷惑,一个少年才能好好成长。这样,哪怕你不是天才,也将会是社会上有用的人才。

《同学》一首别子固

　　江之南有贤人焉,字子固①,非今所谓贤人者,予慕而友之。淮之南,有贤人焉,字正之②,非今所谓贤人者,予慕而友之。

　　二贤人者,足未尝相过也,口未尝相语也,辞币③未尝相接也。其师若④友,岂尽同哉?予考其言行,其不相似者,何其少也?曰:学圣人而已矣。学圣人,则其师若友,必

---

① 子固:曾巩字,曾巩的生平见前面一章。
② 正之:孙侔(móu),字少述,又字正之,王安石的朋友,吴兴人,孝顺母亲,作古文奇伟,终生不做官。
③ 辞币:文辞(文章)与币帛(礼物)。
④ 若:与。

学圣人者，圣人之言行，岂有二哉？其相似也适然①。

予在淮南，为正之道子固，正之不予疑也；还江南，为子固道正之，子固亦以为然。予又知所谓贤人者，既相似，又相信不疑也。子固作《怀友》②一首遗③予，其大略欲相扳④以至乎中庸而后已，正之盖亦常云尔。

夫安驱徐行，轥（lìn）⑤中庸⑥之庭，而造于其室⑦，舍⑧二贤人者而谁哉？予昔非敢自必其有至也，亦愿从事于左右焉尔，辅而进之，其可也。噫，官有守，私有系，会合不可以常也，作《同学》一首⑨别子固，以相警且相慰云。

【译述】

长江南边有位贤人，字子固，不是现在一般人所说的贤人，我仰慕他，跟他交朋友。淮河南边有位贤人，字正之，也不是现在一般人所说的贤人，我爱慕他，跟他交朋友。他们两位贤人，从来没有交往过，彼此没说过话，也没有交换过文章礼物。他们的老师和朋友，难道会相同吗？我仔细体察过他们的言谈品行，不相同的地方，为什么那么少呢？有人说："不过是学圣人罢了。"

---

① 适然：当然。
② 《怀友》：曾巩所作，赠给王安石的诗。
③ 遗：送给。
④ 扳：引援，引导。
⑤ 轥：车子辗轧。
⑥ 中庸：不偏不倚，恰到好处。
⑦ 造于其室：造，到。登堂入室的意思。
⑧ 舍：除了。
⑨ 《同学》一首：《同学》，诗篇名，是王安石送给曾巩的诗。

学圣人！那么他们的老师朋友，也一定是学圣人的，圣人的言谈品行，难道会有两类吗？这样说来，他们那么相像，也是理所当然的喽。

我在淮南，跟正之说到子固，正之不怀疑我所说的；回到江南，又跟子固谈到正之，子固也是这样子。因此我又知道贤人们的模样固然相似，又彼此信任，不起疑心。子固写了一首《怀友》诗送给我，大意是说：要大家互相引导，以达到中庸的境界。正之也常这么说。

安安稳稳向前走，踏进中庸的门庭，抵达它的堂上，眼前除了这两位贤人，还有谁呢？我以前自己不敢肯定自己能达到这种境界，也愿意跟随在他们左右，帮着他们前进就是了。唉，做官有职务，私交有牵挂，不可能经常会合在一起，于是我作了一首《同学》诗，告别子固，并且互相警惕，互相慰勉。

【赏析】

这其实是一封给好朋友的信，但是用赠序文的形式写出来。

文中除了具体说明他对曾巩、孙侔的欣赏之情外，更劝勉彼此努力，以达到中庸的境界。

因为大家都知道王安石的个性固执倔强，又有些怪脾气、怪习惯，像不喜欢洗澡、换衣服等等，所以这篇文章里所说的难能可贵。如果王安石真正能做到中庸，他也许不会在政治上遭遇到那么大的挫折，说不定他的新法也能成功呢。

全文共分三段：

第一段说作者和曾巩、孙侔彼此欣赏，志趣相投，好像是非常自然的事情，想来想去，唯一的原因是"学圣人"，这就算得上是真正的人生同志了。

第二段说他们彼此信任不疑，而且互相勉励，同求中庸之道，这正是"学圣人"的具体表现。

第三段谦虚地说：曾、孙二位，都很有资格走上中庸的路，自己虽然差一点，也还可以追随二友去达成。在形迹上虽然不能常在一起，彼此的心灵却是相通的，所以再以本文表达互慰互勉的诚意。

这篇文章平和恳挚，不像王安石少年时代的作品。

游褒禅山记

褒禅山①亦谓之华山，唐浮图②慧褒③始舍于其址，而卒葬之，以故其后名之曰褒禅。今所谓慧空禅院④者，褒之庐冢⑤也。距其院东五里，所谓华阳洞者，以其乃华山之阳名之也。距洞百余步，有碑仆（fù）道⑥，其文漫灭⑦，独其文

---

① 褒禅山：原名北山，又名华山，在安徽含山县北。
② 浮图：就是和尚，梵语佛陀的另外一种音译法。
③ 慧褒：唐代高僧的法号。
④ 慧空禅院：就是慧空寺。禅院，指禅宗的寺院。
⑤ 庐冢：屋舍与坟墓。
⑥ 仆道：横倒、跌倒在地上。
⑦ 漫灭：因为风雨浸渍而磨灭。

犹可识，曰花山①。今言"华"，如"华实"之"华"者，盖音谬也。其下平旷，有泉侧出，而记游者甚众，所谓前洞也。由山以上五六里，有穴窈（yǎo）然②，入之甚寒，问其深，则其好游者不能穷也，谓之后洞。

予与四人拥火③以入。入之愈深，其进愈难，而其见愈奇。有怠而欲出者，曰："不出，火且④尽。"遂与之俱出。

盖予所至，比好游者尚不能十一，然视其左右，来而记之者已少。盖其又深，则其至又加少矣。方是时，予之力尚足以入，火尚足以明也。既其出，则或咎（jiù）⑤其欲出者，而予亦悔其随之，而不得极乎游之乐也。

于是予有叹焉。古人之观于天地、山川、草木、虫鱼、鸟兽，往往有得，以其求思之深而无不在也。夫夷⑥以近，则游者众；险以远，则至者少。而世之奇伟、瑰怪、非常之观，常在于险远，而人之所罕至焉。故非有志者不能至也。有志矣，不随以止也，然力不足者，亦不能至也。有志与力，而又不随以怠，至于幽暗昏惑，而无物以相⑦之，亦不能至也。然力足以至焉，于人为可讥，而在己为有悔，尽吾志也，而不能至者，可以无悔矣。其孰能讥之乎？此予之所得也。

予于仆碑，又有悲夫古书之不存，后世之谬其传而莫能

---

① 花山：就是华山。"花""华"二字在古代是相通的。
② 窈然：深远的样子。
③ 拥火：拿着火把。
④ 且：就要。
⑤ 咎：归罪于。
⑥ 夷：平坦。
⑦ 相：辅导。

名者，何可胜道也哉！此所以学者不可以不深思而慎取之也。

四人者：庐陵①萧君圭君玉②，长乐③王回深父④，余弟安国平父⑤、安上纯父⑥。

【译述】

褒禅山又叫华山，唐代和尚慧褒最先住在这儿，死后也葬在这儿，所以，后来就叫它褒禅山了。现在的慧空禅院，也就是以前慧褒的屋舍和坟墓所在地。距离禅院东边五里，有一个华阳洞，是因为位置在华山南边而得名。距离洞口一百来步，有一块碑横倒在路上，碑上的文字被风雨侵蚀，已经看不清楚了，只有"花山"两个字还能够认出来。现在人说"华"字，像"华实"的"华"，大概是读错了音。在洞的下面，平坦空旷，有一道泉水在旁边冒出来，记载自己游过这地方的人很多，大家称它为前洞。从山下上山五六里的地方，有个岩洞很深，进到洞里很冷，问它有多深，就是好游的人也没法子走到底，这就是后洞。

我和另外四个人，打着火把进去。进洞愈深，愈难前进，见到的东西愈奇怪。其中有人走累了想出来，便说："再不出来，火把要烧光了。"大家也就跟他一起出来了。

① 庐陵：现在的江西省吉安市。
② 萧君圭君玉：君圭，字君玉，生平不详。
③ 长乐：现在的福建省福州市长乐区。
④ 王回深父：王回，字深父，王安石的朋友，死于宋英宗治平二年（1065），《临川集》里有《王深甫墓志铭》《祭王深甫文》。"父"与"甫"字通用。
⑤ 安国平父：王安石的弟弟，安石兄弟一共七人，安石排行第三，安国第四。
⑥ 安上纯父：王安上，字纯父，王安石的小弟。

第六章 王安石文选

　　大概我所到达的，比起好游的人，还不及他们的十分之一，然而看左右两边，进到洞里来的人所做的记号已经少了。大致进去更深，到的人就更少。当时，我的力气还足够再深入，火把还足够照明用的。出来以后，便有人责怪先提议要出来的，我自己也后悔跟着他出来，因而不能尽兴游乐。

　　于是我不禁有所感慨，古人观察天地、山川、草木、虫鱼、鸟兽，往往自有心得，因为他的探求和思虑周到深刻。那平坦和近的地方，游客就多；危险和远的地方，到的人就少了。但是世界上奇怪、特别、不寻常的景致，常在危险和遥远的、人们很少到达的地方。所以不是有志气的不能到达。有了志气，就不随便跟着人家停下来，可是力气不够的人，也不能到达目的地。有了志向和力气，又不随着人家懈怠下来，到了幽暗看不清的地方，如果没有其他工具来帮助他，也是无能为力的。但是力气足够到达而不到那儿的，便会受人讥笑，他自己也会后悔。尽了我的心力，却不能到达的，心里可以不感觉懊悔了，又有谁会去讥笑他呢？这是我的一点小小的心得。

　　我在横倒的碑前，悲伤古书不能好好保存，后代的传闻有错误，不能说出真正的名称，像这种情形，真不知有多少呢！这就是为什么读书人不能不深思熟虑，并审慎抉择的道理了。

　　和我同游的四个人是：卢陵人萧君圭君玉，长乐人王回深父，我的四弟安国平父和小弟安上纯父。

【赏析】

　　这是一篇游记。

王安石在宋仁宗至和元年(1054)七月所作,那时他三十四岁。

这篇作品跟一般的游记不太一样,不着重写景,也不偏重于写名胜古迹、风土人情,而着重发挥个人的感慨,也可以说借游览岩洞的各种情况,来抒写自己做事、治学的人生观。

全文共分六段:

第一段介绍褒禅山的别名、地理位置、历史渊源、大概的景象,以及前洞、后洞的分别,把山的景物集中浓缩地交代了。

第二段写作者和四位亲友同游山洞的情形,也非常简洁朴实,多用短句。

第三段是检讨他们进洞不够深,虽然比下有余,总嫌比上不足。拈出一个"悔"字,作为全文主题的一部分。人类真可以说是一种善于后悔的动物。

第四段由这次探游山洞的经验出发,引申出作者对人生许多问题的感想:一分耕耘,一分收获;尽人事,听天命;追求更高更美的境界,必须有足够的志气以及充分的体力和实力,还要有辅助的工具——像火把等,否则不免半途而废。游山是这样,做事、做学问也是这样。

第五段是写次要的一个主题:有的古书已经失传,对于许多名胜古迹,我们已经没法了解了,所以,读书人更有责任要深思力学,尽量多知道一些,同时还要懂得判断,不要受错误传说的迷惑。

第六段补充说明跟作者同游山洞的另外四个人——他们的籍贯、姓名和字号,使全文更显得完整。

这篇游记借题发挥的作法,跟柳宗元的《永州八记》有点近似,但是写景的成分比《永州八记》少得多。

第七章　苏轼文选

第七章 苏轼文选

苏轼生于宋仁宗景祐三年（1036），卒于徽宗建中靖国元年（1101）七月二十八日，跟欧阳修、王安石一样，也活了六十六岁（实足六十五岁）。

他是苏洵的长子，字子瞻，又字和仲，自号东坡居士，眉山（现在的四川省眉山市）人。苏洵娶大理寺丞程文应的女儿，程夫人最初生了一个儿子叫景先，很小就夭折了，多年后又生下了苏轼，因为母乳不够，由奶妈任氏喂养长大。

由于苏洵到京都去游学，苏轼一直到八岁才开始好好读书。先由母亲教他，后来因为程氏深信道教，又命令他拜天庆观道士张易简做老师。十岁时母亲教他《后汉书》，读到《范滂传》，感慨很深，不知不觉地就叹息起来，苏轼忽然对母亲说："做儿子的如果也像范滂，母亲高兴不高兴？"

程氏说："你如果真能像范滂一样，我难道不能像范滂的母亲一样吗？"

范滂是东汉一位有气节有大志的人物，最后为国家的事被宦官害死，可说是慷慨成仁，他的母亲也以儿子的殉难为荣。

程氏本来是书香门第出身，品德、学识都相当好，所以苏轼很幸运，一直受着很好的家教，再加上他天性聪颖，进步很快。

仁宗嘉祐二年（1057），苏轼才二十一岁，到京都去考进士，正碰上考官欧阳修有心提倡古文，挽救当时文坛浮华不切实的流弊，他读到了苏轼的《刑赏忠厚之至论》，十分惊讶，以为是自己的学生曾巩的作品，本来想取第一名的，考虑很久，最终取了第二，复以苏轼的《春秋》对义居第一，殿试（皇帝亲自口试）中了乙科。欧阳修当时对人说："读苏轼的文章，不知不觉汗都流出来了！痛快，痛快！我要避开他，让他出人头地。"

东坡在赴京考试以前，已经在家乡结了婚，妻子王弗，是本乡贡进士王方的女儿，知书识礼，能诗能文，年纪才十六岁，跟东坡真是郎才女貌的一对，可惜红颜薄命，后来生下儿子苏迈，二十七岁就死了。

苏轼的母亲程氏，在嘉祐二年四月生病去世，刚好苏家父子三个都在京都，苏轼的妻子王氏才十八岁，苏辙的妻子只有十六岁，家里突然遇到这么大的变故，她们怎么应付得了？苏轼在京都听到了这个坏消息，就赶紧回乡料理亡母的丧事。

东坡从嘉祐二年回家奔丧，并料理了一些家务，一直到嘉祐四年（1059）才离开四川再去京城，路上妻子生儿子，行程格外困难。嘉祐五年（1060）二月十五日才到达京师，暂时住在西冈，一家人的生活也相当艰苦，不久命令下来了，派他做河南福昌县主簿，他没有去上任。

嘉祐六年（1061）再应试，考制策，列为三等，在当时是非常难得的，因为从宋初以来，考制策得三等的，只有吴育和他两个人。接着奉命担任陕西凤翔府签判，苏轼就带了妻儿去上任，知府宋选对他非常器重，好友胡允文又正好在做凤翔县令（凤翔县是凤翔府的府治所在），所以薪水虽然不多，精神上倒很愉快。他在公廨北面空地上筑了一座小园，当中有亭台楼榭，长窗曲栏，廊前凿了一个莲花池，种莲养鱼，生活在其中，也很有趣味。

他在凤翔府判官任内，很久不下雨，旱灾的情形很严重，曾经奉上级的命令到太白山上清宫求雨，后来果然下雨了，所以就在扶风官舍北边筑了一个亭子，名叫喜雨亭。英宗继位以后，韩琦做了山陵使，他表面上爱护苏轼，其实有点妒忌苏轼的才华，所以苏轼办事格外小心。为了应付山陵的需要，他编了不少木筏、

第七章 苏轼文选

竹筏，想从渭水东下，可是水太浅了，载着木筏，便停滞住了，他非常着急，花了五个月的时间，才算设法运出，又碰上西夏入侵，边境上的老百姓非常恐慌，他日夜奔驰，供应军粮民食，十分辛苦。

治平元年（1064），英宗又听了韩琦的建议，征调陕西各地民丁编成义勇军，苏轼又奉命到各县去提举筹措，办得很有成绩，因而英宗知道后要奖励他，想召苏轼到翰林院来做知制诰，韩琦说："我们大宋从来没有这种先例。"英宗也就作罢了。

这时，苏轼的家庭也发生了很大的不幸事件：他敬爱的妻子死了，只活了二十七岁，他的心情很坏；不到一年，父亲也亡故了，更增加了精神上的痛苦。治平五年（1068），续娶王氏的堂妹润之，熙宁三年（1070）生下次子苏迨，不幸从小就患了小儿麻痹症，到四岁的时候，忽然没有吃药就好了。他跟续弦的感情也因此增进不少。东坡又曾娶一位姨太太王朝云，朝云信佛教，很虔诚，对他又敬又爱，朝云死后东坡非常伤心。

以后五年里，苏轼曾先后调到密州（现在的山东省诸城市）、徐州（现在的江苏省徐州市）、湖州（现在的浙江省湖州市），因为他才气纵横，又有爱国爱民的抱负，时常写文章批评朝廷的政治措施，尤其对王安石的新政表示不满。熙宁二年（1069），他写了一篇几千字的《上神宗皇帝书》，对新政抨击得很厉害，王安石读了，气得不得了。熙宁四年（1071），他被调到杭州做知州，不料几乎遭了杀身的大祸。

元丰二年（1079），御史何正臣、李定、舒亶，因为原来跟他有点嫌隙，又想讨好王安石，举出苏轼的《杭州纪事诗》做证据，说他"玩弄朝廷，讥嘲国家大事"，请皇上下令司法官员判他的罪。

唐宋八大家：大块文章

不久苏轼便被捕入狱，这就是有名的"乌台诗案"。乌台就是御史台，是御史们上班的地方。

李定他们用心恶毒，从苏轼的诗里一句两句地挖出来，甚至断章取义地加给他很大的罪名，譬如"读书万卷不读律，致君尧舜知无术"，本来是说自己没有把法律一类的书读通，所以没法子帮助皇帝成为像尧、舜那样的圣人，他们却指他是讽刺皇帝没能以法律教导、监督官吏，"东海若知明主意，应教斥卤变桑田"，说他是指责兴修水利的措施不对，其实东坡自己在杭州也兴修水利工程；又如"岂是闻《韶》解忘味，迩来三月食无盐"，说他是讽刺禁止人民卖盐。总结一句话，是认为他胆敢讥讽皇上和宰相，罪大恶极，应该处死刑。他在湖州（现在的浙江省湖州市吴兴区）被捉的时候，差役居然用绳子捆绑他，坐牢的时候又遭毒打，好像他是土匪强盗似的。杭州、湖州的老百姓因为他是难得的好官，听到这个消息，很多人都痛哭失声，还一连好几个月为他作解厄道场，请道士和尚替他念经念咒，保佑他平安无事。

这个案子真是轰动一时，幸亏以太子少师（太子的老师）身份退休的张方平和以吏部侍郎身份退休的范镇，替他上疏挽救，才把情势和缓下来。神宗本来也爱他的才学，又看到他写给弟弟苏辙的遗诗（死前留给亲友的诗）里，有这样两句：

> 梦绕云山心似鹿，
> 魂飞汤火命如鸡。

想到这样一位人杰，居然把自己比作小鹿和小鸡，不禁动了

第七章　苏轼文选

慈悲心，便下令赦免东坡的死罪。刚好又遇上皇太后生了病，下懿旨减免天下罪人的刑，冯宗道复审又对东坡有利，所以总算保住了性命。赦罪后五天，皇太后便亡故了，苏轼还做了挽词二章，以表示对她的感激。

　　在这一场大灾祸中，苏轼足足受了一百多天的折磨，对他的刺激自然很大，他对人生也有了更深的领悟，从此为人更为放旷通达。

　　元丰三年（1080），他被贬到黄州（现在的湖北省黄冈市），生活困苦，衣食不足，住的地方也成问题，只好借住在一座庙里，但是没有薪水，一家如何生活？幸好朋友为他请愿，领了十多亩荒田，自耕自食，一下子变成一个亲自播种、收割的农夫了。他在垦田的东坡上，盖了一座简陋的房屋，自己称自己为东坡居士。"居士"是佛教称在家修行的人的特别名词，但是宋朝的文人即使不信佛，也喜欢用这两个字作号。

　　苏轼在黄州，除了每天挑水种菜，有空就邀游附近的山水，喝点儿酒，赏花听鸟，或写些诗词文章酬答各地的朋友，生活倒也苦中有乐。许多杰作都是这一个时期写成的，像《安国寺寻春诗》《念奴娇·赤壁怀古》《水调歌头·中秋词》《前赤壁赋》《后赤壁赋》等，都是脍炙人口的作品。传说神宗读到《水调歌头》里的句子："我欲乘风归去，又恐琼楼玉宇，高处不胜寒。"非常感动，认为他虽流放在远处，仍旧没有忘记国君，所以有意把他召回，修撰国史，不过宰相王珪反对，就又作罢了。

　　苏轼在黄州写了另外一首《念奴娇》，当中有"今夕不知何夕。便欲乘风，翻然归去，何用骑鹏翼。水晶宫里，一声吹断横笛"。这阕词流传出来，大家都认为东坡已经死了，这是绝命词，神宗也有点相信了，于是特地问蒲宗孟，宗孟回答道："最近外头是有这种传说，可是始终没能证实。"

神宗正在吃饭，不禁长叹一声道：

"像苏轼这样的人才，多少年才能有一个啊！"

心里很不舒服，就此搁下筷子，不再进食。

那个时候，苏轼正生眼病，又长了恶疮，身体很坏，幸而不久痊愈，但是精神还没有复原，一时闭门谢客，专心休养。神宗知道了确实的消息，心里好像卸下了一块大石头。

元丰七年（1084），神宗下令苏轼离开黄州，改授汝州（现在的河南省汝南县）团练副使，苏轼上表谢恩，准备上任。

东坡在黄州五年，用钱非常节省，自己规定一家用度每天不超过一百五十钱。尽管如此，他的一点积蓄还是贴光了。起程时预定先游庐山（在现在的江西省庐山市星子镇西北），后到筠州（现在的江西省高安市），跟久别的弟弟见一次面，但是路费已经不太充裕，幸而庐山寺和尚对他很欢迎，使他非常欣慰。

苏轼一家到达金陵（现在的江苏省南京市）以后，因为旅途劳累，全家都病倒了。朝云所生的小儿子遁也不幸夭折了，东坡心里伤痛得很。

在金陵的时候，他跟他以前的政敌王安石交谈得很投机。当他看到王安石骑着驴子到江边来跟他见面，心里十分喜悦，也不顾衣冠的整齐，很快地迎上前去，一面嘴里说："苏轼今天穿了普通的衣服来拜见大丞相！"

王安石也很兴奋，嚷嚷道："哎哟，礼仪哪里是为我们而制定的。"

以后，一连几天，两个人聊得很痛快。东坡仍不讳言，亲切

第七章 苏轼文选

地责备安石不该连年在西方用兵，又在东南造成大刑狱，违背祖宗仁厚的作风。这个时候，王安石已经历尽沧桑，胸襟也开朗多了，不但不见怪，反而对别人说："真不晓得再过几百年，才能出现东坡这样的人物！"

苏轼在金陵小住后，继续北上，这时天寒地冻，到达泗州（现在的安徽省泗县）已经是元丰八年（1085）正月初一，全家都疲累不堪，眼看不得不休歇一阵子，于是只好上表给神宗，请求准许他就地休息。神宗照准了。

不久神宗驾崩，哲宗即位，皇太后高氏听政（代皇帝办理国事），司马光重新拜了宰相，对苏轼特别重视，命他改任登州（现在的山东省烟台市蓬莱区）知州，接着又改任起居舍人。元祐元年（1086）升翰林学士，知制诰，侍读，龙图阁学士，苏轼很诚恳地推辞，没有成功，只好上京去就职。其实这时东坡对做官已经没有什么兴趣了。

苏轼入京以后，发现实施十几年的新政，有一部分已经有相当的成果，司马光上台以后，不分青红皂白完全废止，他有点不以为然。东坡本来也是反对新政的健将之一，但是他的主张和言行，可以说是对事不对人，现在他和王安石有了进一步的交情，对新政也有了比较真切的了解，他的态度自然有所改变。他认为新政中的免役法尤其出色，可以获得百世的利益，力劝司马光维持采用，司马光坚持不肯，他一气之下，竟指责司马光是"司马牛"，比喻他固执而不通达。他又指陈恢复差役法有扰民的现象，这样一来，保守派的人便说他是王安石的新党了。可是新党也并不把他当作自己人，所以东坡便成为夹缝里的人物，弄得两面都不讨好了。

那时在学术上也分三大派：蜀党以苏轼为领袖，浙党以程颐为领袖，刘挚是朔党的首领，彼此争论，很少有安宁的日子。程颐是一位十分严肃的理学家，对苏轼的洒落豁达向来没有好感，竟指责他是放荡的无赖，苏轼也认为程颐过分空谈性理，不近人情。司马光的部下朱光达又不断地诬害他，他的日子更不好过了，于是不得不请求外调。

元祐四年（1089）三月，他以龙图阁学士的身份出京再做杭州知州，这时他已经五十四岁，左臂麻木，眼病复发，能去杭州做地方官，也就算是值得庆幸的事了。

元祐四年七月，他正式到杭州上任，杭州原来是他旧日做官的地方，离开杭州十五年，现在重游旧地，眼看他辛苦开辟的西湖，满眼都是蒿草，荒芜了一大半，而且湖水几乎完全干涸，真是感慨万千。于是决心大力恢复西湖的旧观，上疏请求疏浚湖水，并且列举西湖不可荒废的五大理由，最重要的当然是它的灌溉价值。

为了一劳永逸，他采取运用人力代替救济的办法，让灾民们担任这一项工作，不但发米钱，而且注意民工的医药救恤，并革除经办人员的中饱和骚扰人民的积弊。关于湖上水闸的开关，水面放租种植菱藕以及经费的收支保管，都有妥善周密的安排，使人钦佩。又取葑田在湖中堆积成苏堤，长八百八十丈；湖中有深潭三处，则建立三座石塔，这就是有名的"三潭映月"。

这次苏轼在杭州两年，为人民兴建不少有益的事业，老百姓感激爱戴，真是把他当作父母一样。元祐六年（1091），苏轼奉命回京，升任吏部尚书，人还没到，朝廷又因为他弟弟苏辙做了尚书右丞，就改任他为翰林承旨，但是反对派仍不肯放过他，不断在哲宗面前进谗打击他，他只有再请求外调。

第七章 苏轼文选

不久,哲宗便命令他以龙图阁学士的身份去做颍州(现在的安徽省阜阳市)知州。元祐七年(1092),又调为扬州知州,这时东坡已饱尝人世辛酸,白发满头,酒量也日渐增加,不过他心胸开朗,能够逆来顺受,摆脱烦恼,尽量维持闲适的心境。

元祐七年秋天,忽然又奉诏回朝升任礼部尚书,八年九月再外放,去做定州(现在的河北省定州市)知州,绍圣初年又贬到英州(现在的广东省英德市)去,接着贬成宁远军节度副使,到广东惠州(现在的广东省惠州市)去上任。这时候,他对政治更为消极,诗里有"但愿饱秔飫(gēng tú)"(只要能吃饱肚子!)的句子。

不料祸上加祸,他的政敌始终不肯放松他,三年以后他已经是六十二岁的老先生了,居然又有人怂恿皇帝把他贬到琼州(现在的海南省)别驾。

海南岛如今已经是知名的度假胜地,但在宋朝那时候,可真是一片蛮荒世界,皇帝的命令又不能违抗,苏轼只好把家眷留在惠州,绍圣四年(1097)二月,带了三子苏过渡过风浪险恶的琼州海峡,到了儋耳昌化(现在的海南岛省昌江黎族自治县西南),先租了一间房屋歇脚,哪知小人仍步步逼迫,派官差把他们父子赶走,他们只好在一座寺庙旁的荒地上搭一所茅屋暂住,吃不到肉,生了病也没有医药,冬天没有炭,夏天没有冷泉,题他的茅屋叫"桄榔庵",父子俩每天出去采野生番薯,跟米饭配合着吃,并且用木头自制履板当鞋子。在这种生活中,东坡仍自得其乐,读读陶诗和柳宗元诗(他只带了这两本书出来),写写诗文,过了四年。

徽宗即位,大赦天下,苏轼也奉旨北归,先调到廉州(现在的广西省北海市合浦县），又改调舒州（现在的安徽省怀宁县）节度副使，并准许他居住在永州（现在的湖南省永州市），到了英州，又来了一道新命令，叫他做朝奉郎，于是又向北回京，到常州（现在的江苏省常州市），停下休息几天，他便一病不起了。孝宗时追谥"文忠"，赠太师，埋葬在汝州郏城（现在的河南省郏县）。

苏轼有诗四千多首，词赋三百多阕，散文三百多篇。诗的题材广，才气高，偶然有过于奔放直率、不够含蓄的毛病。词更深刻隽永。古文豪放，但是自有法度，往往波澜起伏，变化莫测，读来爽神。受《庄子》的影响很大，议论也很精彩独特。

著有《东坡全集》《东坡易传》《东坡书传》《东坡志林》等。

留侯论

古之所谓豪杰之士者，必有过人之节①。人情有所不能忍者，匹夫见辱，拔剑而起，挺身而斗，此不足为勇也。天下有大勇者，卒（cù）然②临③之而不惊，无故加之而不怒。此其挟持者甚大，而其志甚远也。

---

① 节：操守，修养。
② 卒然：卒，通"猝"。忽然，突然。
③ 临：面对，遇到。

第七章 苏轼文选

　　夫子房^①受书于圯（yí）上之老人^②也，其事甚怪，然亦安知其非秦之世，有隐君子^③者出而试之？观其所以微见其意者，皆圣贤相与警戒之义，而世不察，以为鬼物，亦已过矣。且其意不在书。

　　当韩之亡^④，秦之方盛也，以刀锯鼎镬（huò）^⑤待天下之士。其平居无罪夷灭^⑥者，不可胜数。虽有贲（bēn）、育^⑦，无所获施。夫持法太急者，其锋不可犯；而其势未可乘。子房不忍忿忿^⑧之心，以匹夫之力，而逞于一击^⑨之间。当此之时，子房之不死者，其间不能容发^⑩，盖亦已危矣！千金之子，不死于盗贼。何者？其身之可爱，而盗贼之不足以死也。子房以盖世之才，不为伊尹^⑪、太公^⑫之谋，而特出于荆轲、

----

① 子房：张良的号。他是汉高祖的大功臣，后来封为留侯。
② 圯上之老人：《史记》所说的圯上老人，就是山东北部谷城山下的黄石公。下邳人称桥为圯。张良雇人用铁锥攻击秦始皇没打中以后，逃到下邳（现在的江苏邳县东），在桥上碰见一位老先生，前后三次故意把鞋子丢到桥下去，子房一连三次帮他捡起来，替他穿上。老先生说："这个孩子可造就。"就交给他一本书，告诉他："读了这本书，就可以做帝王的老师了。"说完就走开了，以后再也没见面。
③ 隐君子：隐士。
④ 韩之亡：韩，韩虔的后代，战国七雄中的一国。秦始皇十七年（前230），秦国灭亡韩国。
⑤ 刀锯鼎镬：古代四种刑具。刀锯用来杀人，鼎镬用来烹煮人。
⑥ 夷灭：杀光，指灭族——杀光全家族的人。
⑦ 贲、育：贲，指孟贲育，指夏育。他们是古代的两位大力士。
⑧ 忿忿：愤怒的样子。
⑨ 逞于一击：为了一时痛快而做某件事。一击，指张良为给韩国报仇，召请大力士用大铁锥在博浪沙（现在的河南省原阳县东南）突击秦始皇。
⑩ 其间不能容发：那当儿一根头发都容不下，意思是说非常紧急、危险。
⑪ 伊尹：名挚，辅佐商汤讨伐夏桀，后来成为商朝的贤相。
⑫ 太公：指姜太公，姓吕名尚，字子牙。周文王重用他，后来武王伐商纣，曾立大功，是周朝的贤相，最后封在齐国。

聂政①之计，以侥幸于不死，此固圮上之老人所为深惜者也。是故倨傲鲜腆（tiǎn）②而深折之。彼其能有所忍也，然后可以就大事，故曰："孺子③可教也。"

楚庄王④伐郑，郑伯⑤肉袒牵羊⑥以逆⑦；庄王曰："其君能下人，必能信用其民矣。"遂舍之。勾践之困于会稽⑧，而归臣妾于吴者，三年而不倦。且夫有报人之志，而不能下人者，是匹夫之刚也。夫老人者，以为子房才有余，而忧其度量之不足，故深折其少年刚锐之气，使之忍小忿而就大谋。何则？非有平生之素⑨，卒然相遇于草野之间，而命以仆妾之役⑩，油然而不怪者，此固秦皇之所不能惊⑪，而项籍之所不能怒⑫也。

观夫高祖⑬之所以胜，而项籍之所以败者，在能忍与不能忍之间而已矣。项籍唯不能忍，是以百战百胜而轻用其锋，

---

① 荆轲、聂政：战国时两位刺客。《史记·刺客列传》都有记载。
② 倨傲：自大傲慢。鲜腆：少善，没有礼貌。
③ 孺子：幼童，小孩。
④ 楚庄王：春秋五霸之一。周定王十年（前597）伐郑国。
⑤ 郑伯：指郑襄公。
⑥ 肉袒牵羊：露出上身，表示请罪（道歉），牵羊劳军。
⑦ 以逆：而迎接。
⑧ 勾践之困于会稽：越王勾践，在周敬王二十六年（前494）受吴王夫差的讨伐，退守会稽（现在的浙江省绍兴市东南十二里），忍辱求和。
⑨ 素：交情。
⑩ 仆妾之役：指捡鞋和帮黄石公穿鞋的事。仆，男用人。妾，女用人。役，劳役。
⑪ 秦皇之所不能惊：是指张良辅佐刘邦攻秦，避免攻打坚固的城池。等到军队到了咸阳，秦王子婴便慌忙投降。
⑫ 项籍之所不能怒：项籍，项羽的本名，自立为西楚霸王。楚霸王因为疏忽防备汉军，刘邦才能利用好机会平定关中，打下咸阳。
⑬ 高祖：刘邦，汉朝的开国帝王。

第七章　苏轼文选

高祖忍之，养其全锋而待其弊①，此子房教之也。当淮阴破齐②而欲自王，高祖发怒，见于词色。由此观之，犹有刚强不忍之气，非子房其谁全之？

太史公③疑子房以为魁梧④奇伟，而其状貌乃如妇人女子，不称其志气。呜呼！此其所以为子房欤！

【译述】

古人所说的豪杰，一定有超越平常人的修养。平常人在情感上有不能忍耐的事，譬如一个人受了侮辱，拔出剑一跳跳起来，挺身出来跟人打架，这不能算是真勇敢。天下有一种大勇的人，突然遇到意外的事故而不会惊慌，无故害他也不会生气。这是他的志向很大、抱负很高的缘故。

子房曾接受桥上老人的兵书，这件事说起来很奇怪，可是我们又怎么能知道不是秦朝的时候，有位隐居的高士，特地出头来试试张良呢？看他稍稍启示子房的道理，都是圣贤相互警惕的精义；而世俗的人不明白，以为他是鬼怪，这就太离谱了。何况他的用心，显然不只在那一部兵书上面。

当韩国灭亡的时候，秦国正强盛，秦国用刀锯、鼎镬这些残

---

①　弊：疲劳到极点。
②　淮阴破齐：淮阴侯韩信连破齐国七十多城，派人告诉汉王刘邦，请刘邦准许他做齐国的假王，以便镇守齐国，刘邦大怒，张良轻轻踩一下刘邦的脚，悄悄地说："我们汉军打仗正不顺利，怎么能禁止韩信自己称王呢？"刘邦立刻觉悟了，干脆大方一点，顺水推舟，封韩信为齐王。
③　太史公：就是司马迁，他是汉朝的太史令（掌管国家历史档案的官）。
④　魁梧：强壮高大。

· 179 ·

酷的刑具来对付天下的人。那些从来没犯罪的人，也遭到灭门的惨祸，这种情形，多得数都数不清楚。哪怕有孟贲、夏育的本领，也施展不出来。执法严厉的国家，它的锋芒是没法触犯的，但是它的背后却往往有机可乘。可是子房一时按捺不住他愤恨的心情，想用一个人的力量，痛快地在博浪沙以铁锥突击秦始皇；那个时候，子房真是陷入了生死边缘，差点白送了性命。富家的孩子，不肯死在盗贼的手下，为什么呢？因为他的生命可贵，不值得为省几个钱而被强盗杀死。子房怀着最杰出的才能，不设伊尹、太公的计谋，却使出荆轲、聂政刺客的方法，因为侥幸，才没有送命，这是桥头老人十分惋惜的。所以他用傲慢无礼的态度来折腾他，使他能够学习忍耐，将来才能完成大事。所以老人当时说："这个孩子可以造就。"

楚庄王讨伐郑国的时候，郑襄公赤着膊、牵着羊去道歉。庄王说："这个国君能够委屈自己，谦恭地对人，一定能得到他的百姓的信任。"于是赦免了他。勾践被吴军围困在会稽山上，暂时向吴国投降，三年中间一点懈怠的神色都不露出来。要是有报仇的志向，却不能委屈自己，恭敬地侍奉别人，只能算是普通人的刚强。那位桥上的老先生，认为子房的才能很了不起，只怕他的度量不够，所以才着实地压一压他少年刚强的气焰，使他忍住小的气愤而完成大事。这话怎么说呢？因为不是平常有交情，突然在路上遇见，而要他做用人的事，他居然毫不在意，完全不见怪，这就是连秦皇也不能使他惊吓、项羽也不能让他发怒的涵养了。

试看汉高祖之所以能得到最后的胜利，项羽之所以失败，完全在于能忍耐和不能忍耐的差别。只因为项羽不能忍耐，所以打了那么多胜仗，而随便滥用他的锋锐；汉高祖一再忍耐，培养他的全部实力而等待项羽军队的疲困，这是子房教给他的。当韩信灭了齐国而想自己当齐王的时候，汉高祖大怒，明白地表现在言词和脸色上。从这件事情看来，高祖还有刚强而不能忍耐的气焰，要不是子房在身边，谁能成全他呢？

太史公认为张良一定长得高大强壮，可是他的容貌却像女人，跟他的志气并不相称。唉！这正是子房特别的地方！

【赏析】

这是一篇以历史人物为对象的议论文，也可以称它为"史论"或"史评"。

根据《史记·留侯世家》（凡是诸侯或大臣的传记，《史记》里都用"世家"的体裁）里的记载，张良一生，真可以说是多彩多姿：他的祖先是韩国的贵族，韩国被秦国灭亡以后，他决心为祖国报仇，先雇请了一位有名的大力士，在博浪沙突击秦始皇，结果铁锥扔错了车子，没有成功。后来他辅佐汉王刘邦，历尽艰难，终于消灭秦朝，打败楚霸王，成了汉朝的开国元勋。但是一般人好奇心很重，喜欢神奇的故事，所以多半把张良后来的成就归功于当年桥头老人授他兵书这件事上，甚至把它改编为神话。苏轼是一个头脑清楚、眼光远大的政治家，所以特地写这篇《留侯论》，以"忍"做重心，来说明一个政治或军事上的英雄人物，一定有他内在的条件，特殊的涵养，尤其在乱世，更是不简单。黄石公给他的那本书，不管是兵书，还是"天书"，重要性远不一个恒久的"忍"字。以一个字做重心写成一篇好文章，我们在前面已经读过的有欧阳修的《泷冈阡表》——那是以"待"字做核心的。

其实一位英雄豪杰，成功的条件很多，绝对不只限于一个"忍"字，譬如张良的智慧、眼光、勇气等，也都是很不寻常的，但是若没有忍耐，那些条件恐怕都嫌不够，不足以帮助刘邦成功，所以苏轼特别选择一般人容易忽略的这个美德，来加以发挥，既免于人云亦云，又能真正地给读者一些有益的启示。

说到他的安排，也是别具匠心：他拿圯上老人、郑伯、勾践、高祖、项羽五个人物来烘托，陪衬张良：圯上老人是折腾张良的人，其实也是他精神上的导师；郑伯、勾践是历史上最能忍耐的国君，卧薪尝胆，都是忍耐功夫的具体表现；刘邦也能忍，但他的忍耐功夫，本来火候还不到家，是张良辅助了他、启导了他，使他更进一层；项羽是一个急躁而不能忍的人，正好做反面的例子。换句话说，这五个人，跟本文主题的关系是：四个是正面的——一老师，二古人，一君主（但张良实际上是高祖的老师，高祖等于是张良的学生），一个是反面的，项羽是张良的敌人，而且是失败了的敌人。

这样的布局，真是既巧妙又有力，使读者不能不相信作者的看法。等于作者带领你从四个不同的角度来观赏一片风景，使你对它获得最深刻的印象一样。

全文可分六段：

第一段开门见山，说出主题：豪杰一定有特别的修养，其中最重要的一项，就是"忍"——其实这个"忍"字，包括了镇静的功夫，也暗示当事人有不平凡的志向，所以也可以说它就是"大勇"。苏轼一生，在政治上历尽风波，所以这个"忍"字，也很可能是从自己的生命历程中领悟出来的。

第七章　苏轼文选

第二段强调张良遇见圯上老人，不是神话，是有心人对张良的一次机会教育——教他忍，教他圣贤的道理，教他成功的道理。

第三段再深一层探讨张良人格的成长：由冒险冲动行刺秦皇，到后来成熟镇定地辅佐汉王，这当中实在包含了很深的修养功夫，而圯上老人很可能是张良转变的一大关键。

第四段由郑伯、勾践的历史说起，再度驳斥"匹夫之刚"，然后重新回到圯上老人和张良的主题上，巧妙地点明"忍"其实就是一种度量胸襟。

第五段指出刘邦本来的修养还不够，是成熟的张良教导了他。

第六段由司马迁《史记》上所记他对张良的猜想错误，引出一个惊人的结论：英雄豪杰，不一定志气外露，更不一定有魁伟的外形。像张良，便是一个深藏不露的第一等豪杰，而绝不是随时随地拔剑而起的匹夫。

喜雨亭记

亭以雨名，志①喜也。

古者有喜，则以名物，示不忘也。周公得禾，以名其书②，汉武得鼎，以名其年③，叔孙胜狄以名其子④。其喜之

---

① 志：记。在这儿转为纪念的意思。
② 周公得禾，以名其书：唐叔得到一棵稻禾，异穗同颖（禾尖），献给成王，成王又送给周公，周公就作《嘉禾》来纪念它。
③ 汉武得鼎，以名其年：汉武帝元狩六年在汾水上得到一座宝鼎，武帝很高兴，就改年号为元鼎。
④ 叔孙胜狄以名其子：鲁文公十一年，叔孙得臣（得臣是叔孙的名字）捉住长狄人侨如，就为儿子取名为"侨如"。

大小不齐，其示不忘一也。

予至扶风①之明年，始治官舍。为亭于堂之北，而凿池其南，引流种树，以为休息之所。是岁之春，雨麦②于岐山之阳③，其占为有年④。既而弥月不雨，民方以为忧，越三月，乙卯乃雨，甲子又雨，民以为未足；丁卯⑤大雨，三日乃止。官吏相与庆于庭，商贾相与歌于市，农夫相与忭(biàn)⑥于野；忧者以喜，病者以愈，而吾亭适成。

于是举酒于亭上，以属(zhǔ)客⑦而告之曰："五日不雨，可乎？"曰："五日不雨，则无麦。""十日不雨，可乎？"曰："十日不雨，则无禾。""无麦无禾，岁且荐饥⑧。狱讼繁兴，而盗贼滋炽，则吾与二三子，虽欲优游⑨以乐于此亭，其可得耶？今天不遗斯民，始旱而赐之以雨，使吾与二三子，得相与优游而乐于亭者，皆雨之赐也，其又可忘耶？"

既以名亭，又从而歌之⑩，曰："使天而雨珠，寒者不得以为襦(rù)⑪；使天而雨玉，饥者不得以为粟。一雨三日，

---

① 扶风：古代的郡名，宋朝已经改名为凤翔府，不过作者仍用古名来称呼它。现在陕西关中道西部一带。
② 雨麦：雨，当动词用，落的意思。雨麦，有麦子落下。
③ 岐山之阳：岐山，现在陕西省岐山县东北，靠近凤翔。阳，山南。
④ 有年：丰年。
⑤ 丁卯：跟前面的"乙卯""甲子"都是干支计日。
⑥ 忭：拍手，欢喜的意思。
⑦ 属客：斟酒劝客。
⑧ 荐饥：连年稻麦不熟。
⑨ 优游：愉快的游玩，自由自在地。
⑩ 歌之：唱它的歌。
⑪ 襦：上衣。这里泛指衣服。

繄（yī）①谁之力？民曰太守，太守不有；归之天子，天子曰不然，归之造物，造物不自以为功；归之太空②，太空冥冥，不可得而名，吾以名吾亭。"

【译述】

亭子取名作"雨"，是纪念可喜的事。

古人遇到可喜的事情，就用它来称呼人或事物，表示永远不忘。周公得到特别的稻禾，就拿"嘉禾"来称呼他所写的文章，汉武帝得到一座宝鼎，就改年号为"元鼎"，叔孙战胜长狄国的侨如，就拿"侨如"称呼他的儿子。他们可喜的事情有大有小，但都用这种方式来表示永远不忘。

我到凤翔的第二年，才整修官舍，在堂的北边造一座亭子，又在南面挖了一个池塘，引水种树，当作休息的地方。那年春天，岐山南面有麦子落下，预卜会有好的收成。接着整个月没有下雨，老百姓正为这事担忧。过了三个月后，乙卯那天才下雨，甲子那天又下雨，老百姓认为还不够，丁卯那天又下大雨，接连三天才停。官吏在亭子里彼此庆贺，商人在市街上相和着唱歌，农夫在田野里一起拍手欢呼。忧愁的人变得欢喜了，病人的病也好了，我的亭子也刚好在这个时候落成。

于是我在亭上设宴，斟酒劝客，并且跟他们说："五天不下雨可以吗？"他们说："五天不下雨，麦就不能成熟。""十天

---

① 繄：是。
② 太空：天空。

不下雨行吗？"他们又说："十天不下雨，稻子就没法收成了。""没麦子也没稻子，势将连年饥荒。诉讼会很多，强盗也会到处抢劫。那个时候，我和各位就是想在这亭子里悠闲自得地玩乐，也不可能吧？现在老天不忘记老百姓，虽然先有旱灾，可是总算及时赐给我们雨水，使我和各位，能够一起在这个亭子里自由自在地游乐，这都是这场雨的恩惠，我们怎么能忘记呢？"

既然拿"喜雨"作亭子的名字，又接着唱了一首歌："假使天上落下珍珠，寒冷的人不能拿它来做衣服；假使天上落下玉石，饥饿的人不能拿来做粮食。一场雨连下三天，是靠谁的力量呢？老百姓说是太守，太守说我没这个能力；归功于天子，天子也说不是他；归功于造物者，造物者不以为是他自己的功劳，归功于天空吧，天空又是那样的遥远苍茫；说谁都不是，干脆用它来做我亭子的名字吧。"

【赏析】

这是一篇杂记类的古文，现在的人把它归作记叙文。

宋仁宗嘉祐六年（1061），苏轼出任凤翔府（现在的陕西省宝鸡市凤翔县）签判，第二年春天，不巧碰上大旱灾，后来大雨来了，大家很高兴，所以就用"喜雨"两个字做亭子的名称。

本文分作五段：

第一段只有两句，可是这七个字却把主题点染得非常清晰，尤其把"喜"字的功能表现得恰到好处。

第二段举了三个实例，说明古人有喜，一定以物命名的习惯，紧接第一段而来。

第三段写苏轼在凤翔做官时遇到旱灾，可是大雨终于降临，全民都欢喜无比，他的亭子也恰巧完成了。这是喜雨亭本身的背景，重点由雨而喜而亭。

第四段写了一段对话，显示雨水对于人民的重要性，重点又落在"雨"上。

第五段说出命名为"喜雨"的动机，却巧妙地用一首歌来表达。这一段里，雨、喜、亭三字已经合而为一，不分彼此了。

全文用了不少平行排比的句子，产生一步步逼近的效果，像第二段、第三段、第四段的前半部分、第五段等。文章厚实而又洒脱，很能代表苏东坡自己的特色。

前赤壁赋

壬戌①之秋，七月既望②，苏子与客泛舟游于赤壁③之下。清风徐来，水波不兴④。举酒属客，诵明月之诗，歌窈窕之

---

① 壬戌：宋神宗元丰五年，公元1082年，作者四十七岁。
② 既望：阴历小月十五日、大月十六日叫望日。既，已经。既望应该是指十六日。
③ 赤壁：山名。湖北省有好几个地方叫赤壁：一个在湖北省嘉鱼县东北，就是周瑜打败曹操的地方。一个在武昌县东南，又叫赤矶。一个在汉阳县沌口临漳山，有个乌林峰，俗称赤壁。一个在黄冈县城外，就是东坡游玩的地方。本文中姑认这地方是曹操打败仗的所在，未必是苏轼弄错了，而是有意借这段历史来铺张文思文情。
④ 兴：掀起，泛起。

章①。少焉，月出于东山之上，徘徊于斗、牛②之间。白露横江，水光接天。纵一苇③之所如④，凌⑤万顷之茫然。浩浩乎如冯（píng）虚御风⑥，而不知其所止；飘飘乎如遗世⑦独立，羽化⑧而登仙。

于是饮酒乐甚，扣舷⑨而歌之。歌曰："桂棹（zhào）兮兰桨⑩，击空明兮溯流光⑪。渺渺兮予怀，望美人⑫兮天一方。"客有吹洞箫⑬者，倚歌而和（hè）之，其声呜呜然，如怨如慕，如泣如诉；余音袅袅（niǎo）⑭，不绝如缕；舞幽壑之潜蛟，泣孤舟之嫠（lí）妇⑮。

苏子愀然，正襟危坐而问客曰："何为其然也？"

---

① 诵明月之诗，歌窈窕之章：明月之诗，指《诗经·陈风·月出》。窈窕之章，指《月出》的第一章："月出皎兮，佼人僚兮，舒窈纠兮，劳心悄兮。"窈纠，就是窈窕，意思是悠远的秋思。
② 斗、牛：北斗、牵牛两星宿。北斗星座包括七颗星。
③ 一苇：小船。
④ 所如：所去。
⑤ 凌：驾乘。
⑥ 冯虚御风：冯，通"凭"。驾风飞行在虚空（天空）间。
⑦ 遗世：遗弃世俗，离开世界上的一切。
⑧ 羽化：道教指飞腾升天，变成神仙。
⑨ 扣舷：敲打着船边。
⑩ 桂棹兮兰桨：棹，行船拨水的工具，在船尾，桨在船边。用桂木做棹，用兰木做桨，桂、兰都是名贵的木材。
⑪ 击空明兮溯流光：空明，月光映在水里那种透明的样子。溯，逆水而上。流光，指月光随着水波而流动。
⑫ 美人：比喻在朝廷的天子或贤人君子。
⑬ 洞箫：单管，没底的箫。
⑭ 袅袅：声音悠扬的样子。
⑮ 嫠妇：寡妇。

第七章　苏轼文选

　　客曰："'月明星稀，乌鹊南飞'①，此非孟德②之诗乎？西望夏口③，东望武昌，山川相缪④，郁乎苍苍，此非孟德之困于周郎⑤者乎？方其破荆州，下江陵⑥，顺流而东也，舳舻（zhú lú）⑦千里，旌旗蔽空，酾（shī）酒⑧临江，横槊⑨赋诗，固一世之雄也，而今安在哉？况吾与子渔樵于江渚（zhǔ）⑩之上，侣鱼虾而友麋鹿；驾一叶之扁舟，举匏（páo）樽⑪以相属；寄蜉蝣于天地⑫，渺沧海之一粟。哀吾生之须臾，羡长江之无穷，挟飞仙以遨游⑬，抱明月而长终。知不可乎骤得，托遗响⑭于悲风。"

　　苏子曰："客亦知夫水与月乎？逝者如斯，而未尝往也；盈虚者如彼，而卒莫消长也。盖将自其变者而观之，则天地曾不能以一瞬，自其不变者而观之，则物与我皆无尽也。而又何羡乎？且夫天地之间，物各有主。苟非吾之所有，虽一

---

① 月明星稀，乌鹊南飞：曹操《短歌行》里的两个名句。
② 孟德：曹操，字孟德，东汉末人，做到丞相，挟持献帝令天下。
③ 夏口：现在的汉口市。
④ 缪：缠绕，密布。
⑤ 孟德之困于周郎：周郎，就是周瑜。建安十三年（208），曹操的军队由荆州沿江而下，孙权派周瑜做元帅，跟刘备合作，在赤壁大败曹军。
⑥ 江陵：现在的湖北省荆州市。
⑦ 舳舻：指军舰。船尾叫舳，船头叫舻。
⑧ 酾酒：酌酒。
⑨ 横槊：横拿着长矛。
⑩ 渚：江中的小沙洲。
⑪ 匏樽：酒杯。
⑫ 寄蜉蝣于天地：蜉蝣，虫名，早晨生出来，晚上就死了。用它来比喻人生的短暂。
⑬ 遨游：远游。
⑭ 遗响：余音。

毫而莫取。惟江上之清风，与山间之明月，耳得之而为声，目遇之而成色。取之无禁，用之不竭。是造物者之无尽藏也，而吾与子之所共适。"

客喜而笑，洗盏更（gēng）酌⑮，肴核⑯既尽，杯盘狼藉。相与枕藉乎舟中，不知东方之既白。

【译述】

壬戌年的秋天，七月十六日，我跟几位客人在赤壁底下泛舟游赏。清风缓缓吹来，水面没有一丝波浪。一面举起酒杯来劝客人喝酒，一面朗诵《诗经·月出》，高唱着"舒窈纠兮"那一章。一会儿，月亮从东方的山上出来，在北斗星跟牵牛星中间慢慢移动。白露弥漫着江面，水光接连着天色。任小船随意浮动，漂泊在茫茫万顷的水上。浩浩荡荡地，像驾着风飞行在天空里，却不知道将在哪里停止。飘飘然地，像离开了人世，单独一个人，变成了神仙。

于是彼此喝着酒，快乐极了，敲着船舷，唱起歌来。歌词是这样的桂木做的棹，兰木做的桨，拍打着水上的月光，逆着流水，追赶着流光。我的情怀像流水般地悠长，怀念着遥远的佳人。"客人当中有一位会吹洞箫的，应和着歌声作伴奏，它的声音是呜呜的，好像幽怨，又好像爱慕，像在哭泣，又像在倾诉；余音回荡缭绕，像细丝一样地不断，可以使深渊里潜藏的蛟龙起来跳舞，

---

⑮ 更酌：东坡自己手写的《赤壁赋》，在"更"字下加注一个"平"字，意思是说"更"字应该读平声，解释作"互相"。更酌就是彼此为对方倒酒。

⑯ 肴核：熟肉叫肴，水果叫核。

第七章 苏轼文选

也可以使孤舟中的寡妇哀伤哭泣。

我悲怆得很,脸色都变了,整整衣襟,端坐着问那位客人:"为什么吹奏这样的曲子呢?"

那位客人说:"'月明星稀,乌鹊南飞',这不是曹操的诗吗?西边望着夏口,东边望着武昌,都有山水围绕着,草木一片漆黑暗淡,这不是曹操被周瑜围困的地方吗?当他刚攻破了荆州,占领了江陵,顺着长江东下,战船接连千里,旌旗掩盖着天空,在江上喝着酒,横拿着长矛吟诗;他本来是一代豪杰,可是现在却在哪里呢?何况,我和你在江边的沙洲上游玩,简直像渔夫和樵夫,跟鱼虾和麋鹿做朋友;驾着一条小船,举着酒杯,相互倒酒;短暂得像蜉蝣寄存在天地间,渺小得像大海中的一粒米。感慨我们的生命是那么短促,羡慕长江的无穷无尽;想牵着飞仙跟他一起远游,想抱着日月永远跟它一起存在。明知道这是做不到的,只好把余音寄托在悲凉的秋风里。"

我说:"你也知道流水和月亮的道理吗?逝去的水不停地前进,却从来没有真正地走开,月亮圆了又缺了,但是它本身始终没有变大一点或者小一点。要是从变的观点来看,那么天地在每一眨眼当中都会发生变化;要是从不变的观点来看,那么万物和我们都是无限的。那还有什么可以羡慕的呢?而且世界上任何东西都有它的主人。如果不是属于我的,就是一丝一毫,我也不敢乱拿。只有江上的清风和山里的明月,耳朵听到了就构成音乐,眼睛看见了就形成美景。去拿它,没有人禁止,用它,再用也用不完。这是造物者赏给人类的无限的宝藏,也是我们所共同享有的。"

那位客人听了,高兴地笑了。于是重新把杯子洗一洗,相互酌酒。等到菜肴、水果都吃光了，杯盘也一片零乱。大家横七竖八地躺在船里，也不觉得东方已经露出鱼肚白的颜色了。

【赏析】

　　这是一篇赋。宋朝的赋比较接近一般散文的形式，不过大体上还是押韵的。

　　《赤壁赋》是作者四十七岁时贬官在黄州所写的。其实他所关心的，绝不是当年赤壁之战那种烈火腾空的情景，而是借着丰富的联想力，从曹操这位半豪杰半诗人的古人身上引发一些人生的感想：人事是短暂的，也容易变化，大自然却是永恒的，而且永远可以为大家所分享。

　　这是苏轼开朗豁达的人生观的写照，甚至也可以说，这就是他的宇宙观。做一个人，要看得远，看得大，不要让自己钻进牛角尖里，把自己当作小虫那么可怜，而要开阔心胸，使自己像宇宙一样无限，一样伟大。

　　全文可分六段：

　　第一段描写作者和客人畅游赤壁的情景："清风徐来，水波不兴。""月出于东山之上，徘徊于斗、牛之间。白露横江，水光接天。"是纯写景，"举酒属客，诵明月之诗，歌窈窕之章"是写情，"纵一苇之所如"以后六句，就是情景交融了。

　　第二段写他们喝酒唱歌的情景，重心是那首歌的歌词，还有描写一位客人吹洞箫的声音。

　　第三段写东坡听到箫声后的反应：心里忧愁，态度也庄重起来，并且向客人发问。这一段虽然短，却是文章上的一个转折。

第四段记客人的话,他感慨人生短暂渺小,对生命抱着悲观的态度。

第五段说出东坡自己的人生观,那是乐观的,豁达的,重点在"自其不变者而观之,则物与我皆无尽也"。全段跟上段正好形成一个鲜明的对比,气势也比上段来得旺盛。

第六段以那位客人的喜悦作结,等于肯定了苏轼的人生观。尾声又以痛饮到天亮作点缀,似乎为上段的"吾与子之所共适"作了一个小小的印证。而"不知东方之既白"也跟首段的"月出于东山之上"形成了巧妙的呼应。

这是东坡最著名的文章之一,从沉重中透出飘逸,又从飘逸中展示了严肃的意义。至于全篇节奏的美妙,读者必须一再地朗诵才能体会。

记承天寺夜游

元丰六年①十月十二日夜,解衣欲睡,月色入户,欣然起行。

念无与为乐者,遂至承天寺②寻张怀民③。怀民亦未寝,

---

① 元丰六年:公元1083年。
② 承天寺:在现在的湖北黄冈市南面。
③ 张怀民:苏轼的朋友,生平不清楚。

相与①步于中庭②。庭下如积水空明③,水中藻荇(xìng)④交横,盖竹柏影也。

何夜无月?何处无竹柏?但少闲人⑤如吾两人者耳。

【译述】

元丰六年十月十二号晚上,我正解开衣服想睡觉,忽然看见月光从门口照进来。一时心里高兴,就重新穿好衣服,出去随便走走。

一路走,一路想:谁能跟我一起享受月光下的散步呢?就决定到承天寺找张怀民。好像有默契似的,怀民也还没睡呢。两个人就一起在院子里散步。月光照到院子里,好像积满了水,一片透明,心境也出奇地宁静。水里有水藻、荇菜交错着,大概是竹子和柏树的影子吧。

夜里不是常有月光吗?竹子、柏树不也是到处都有吗?可是像我们这样两个清闲的人可就少啦。

---

① 相与:相伴,一起。
② 中庭:"庭中"的倒装语,就是庭院里,院子里。
③ 空明:透明。
④ 藻荇:藻,水草。荇,就是荇菜,叶子赤红色,圆形,直径一寸多,浮在水面上,根在水底。
⑤ 闲人:就是闲人,悠闲的人。苏轼因为乌台诗案贬在黄州,名义上是做黄州团练副使,实际上根本不许他签办公事,所以这儿说"闲人",真是名副其实,一点也不夸张。

第七章 苏轼文选

【赏析】

一个人在得意的时候，做什么事情都会兴致勃勃，好像不知道人世间有什么忧愁痛苦，这是一点也不稀奇的事。可是像东坡这样，不久前才从一道死亡的关口逃出来，现在又被贬在异乡，眼前凄凉，前途茫茫，照说应该一天到晚唉声叹气，或大发牢骚，但东坡毕竟是一位豪杰，他能摆脱世俗的挫折和烦恼，保持悠闲宁静的心境。这篇短文，就是他的人格修养的最好写照。

我们可以说这是一篇"迷你"的游记，也可以说它是一篇浓缩的人生小品。"欣然""与为乐""闲人"是正面的传写，"月色""空明""竹柏影"则是侧面的象征性的烘托。月色的澄洁透明，竹子、柏树的清高幽洁，都可说是东坡人品的特质。

全文可分三段：

第一段只记述一个简单的事实：某一天的晚上，自己想睡而没有睡下，决定出去走走。但是这里面不但有了时间、地点（自己家里，没有明说，但很清楚），也有了动机："月色入户。"多么简洁，多么干脆！但是，人生许多美妙的感受，不都是从单纯事情里得到的吗？

第二段写访承天寺的动机：这个动机当然是由上一段的"月色入户"引申出来的。既然出门走走，一定是想散散心，想延长那份"欣然"的心情。这时候，可以有三种选择：一种是选择独自散步，清清静静，忘记世界上的一切，一种是找一个伴一起享受月色下的漫步，还有一种是到一个热闹的地方去赏月。第一种太出世，第三种又太入世，于是东坡终于选择了第二种方式。然后，又选中张怀民。于是地点也不成问题了：张怀民和承天寺在他心目中很可能是合而为一的。我这样娓娓道来，好像给人一种感觉：东坡是费了不少心思才下定决心的。不，完全不是。他去承天寺找张怀民，在当时可以说是出于一种直觉，是顺乎心灵自然的事。

果然不错：张怀民也没睡。事实上，在他做了这样决定的那一瞬间，他似乎就有这个把握。因为他们是好朋友，又都是世上难得的闲人，所以"心有灵犀一点通"，他们都不想睡，终于完成了这一夜一起散步的缘分。

他们见面以后，没有说一句话，便一块散步起来了。我们当然可以说：这是作者有意把文章写得简洁，省略掉了他们之间的对话；但是，另外一种情形也是很可能的：东坡找到了怀民，用一个使人会心的微笑邀请了他，两人就不发一言到院子里散步了。真正享有过最真挚友谊的人，大概都有类似的经验吧。

院子里的景色也写得很简单：月色、竹子、柏树，只有这三样，可是这三样配合在一起，又加上幻觉，却凭空增加了两样：水藻和荇菜。其实，这是一幅很好的水墨画，而东坡原也是一位画家啊。

写到这里，可以结束了："盖竹柏影也。"不也能够让人有绕梁三日的感觉吗？

可是东坡还有话要说，其实只是一句话。

这就有了第三段。第三段的前两句，乍看是夸张失实的。"何夜无月？"一年里没有月亮出现的夜晚不是也很多吗？"何处无竹柏？"更不容易说通了。但是文学的语言本来不同于科学的语言，所以这两句话，只是为了引出下面那句最重要的话："但少闲人如吾两人者耳。"

无论如何，月光、竹子、柏树虽然美好，却都不是特别稀罕的东西；而天下真正的闲人呢，可真是少到不能再少。世界那么

第七章　苏轼文选

复杂纷扰，生存在这个世界里的人，又有几个真能超越世上的一切，摆脱周围的人和事，而成为一个彻底的闲人呢？有的人身闲心不闲，有的人心闲（也许只是心死）身不闲，有的人更身心两不闲。东坡本来也不是闲人，但是前一阵子的不幸事件，却反而成就了他，使他变成一个身心都闲的大闲人。这是多么惊人的事，又是多么难得的事！

更难得的是：在他身边，竟还有一个张怀民，一个名不见经传的人，另一个真正的闲人。

两个闲人，九百多年前的一个月夜，一共八十多个字的一篇文章，给我们后人的启示该有多大！

记游定惠院

　　黄州定惠院①东，小山上，有海棠②一株，特繁茂。每岁盛开，必携客置酒，已五醉其下矣。今年复与参寥师③及

---

　　① 定惠院：在现在的黄冈市东南，东坡刚到黄州时，便住在这里，后来才搬到临皋亭。
　　② 海棠：东坡诗集中有"寓居定惠（院）之东，杂花满山，有海棠一株，土人不知贵也"的诗题，诗里这样说："嫣然一笑竹篱间，桃李漫山总粗俗。也知造物有深意，故遣佳人在空谷。自然富贵出天姿，不待金盘荐华屋。朱唇得酒晕生脸，翠袖卷纱红映肉。"把海棠花描写成一位高贵的美人，满面红晕，穿着翠绿色的纱衣，风姿美妙，桃花、李花相对失色，可见他多么偏爱海棠。
　　③ 参寥师：和尚道潜，号参寥子，东坡的好朋友，也是一位诗人，著有《参寥子集》二十卷。

二三子访焉,则园已易主;主虽市井人①,然以予故,稍加培治。

山上多老枳(zhǐ)②木,性瘦韧,筋脉呈露,如老人头颈。花白而圆,如大珠累累③,香色皆不凡。此木不为人所喜,稍稍伐④去,以予故,亦得不伐。

既饮,往憩⑤于尚氏之第⑥。尚氏亦市井人也,而居处修洁⑦,如吴越间人,竹林花圃⑧皆可喜。醉卧小板阁上,稍醒,闻坐客⑨崔诚老弹雷氏琴⑩,作悲风晓月,铮铮⑪然,意非人间也。

晚乃步出城东,豁大木盆,意者谓可以注清泉,渝瓜李,遂夤(yín)缘⑫小沟,入何氏、韩氏竹园。时何氏方作堂竹间,既辟地矣;遂置酒竹阴下。有刘唐年主簿⑬者,馈⑭油煎饵⑮,其名为"甚酥",味极美。客尚欲饮,而予忽兴

---

① 市井人:市街上凡俗的人。
② 枳:常绿乔木,枝多刺,果实有点像橘子。
③ 累累:连接在一起,累积在一起的样子。
④ 伐:砍。
⑤ 憩:休息。
⑥ 第:第宅,大而显贵的住宅。
⑦ 修洁:整洁。
⑧ 圃:园。
⑨ 坐客:座上客,指一起喝酒的人。
⑩ 雷氏琴:唐朝开元年间雷威所造的琴。
⑪ 铮铮:金属的声音。
⑫ 夤缘:沿进,这里是说沿水沟而前进。
⑬ 主簿:官名,主管文书簿籍。
⑭ 馈:送礼。
⑮ 饵:粉饼。

尽①，乃径②归，道过何氏小圃，乞其丛橘，移种雪堂③之西。

坐客徐君得之将适闽中④，以后会未可期，请予记之，为异日拊（fǔ）掌⑤。时参寥独不饮，以枣汤代之。

【译述】

黄州定惠院的东边，小山上面有一株海棠，非常茂盛。每年海棠花盛开的时候，我一定约了朋友，带着酒去赏玩，在树下痛快地喝酒。像这样前后已经有五次了，今年又和参寥禅师等两三位朋友去那儿玩，这个园子已经换了主人，新主人虽然是个市井小民，可是因为我的缘故，竟也把这株海棠重新培土修整了一番。

山上有许多老枳树，又瘦又韧，筋脉都露在外头，好像老人的脖子。花白色圆形，好似一串串的大珠子，香气和颜色都很特别。人们不大喜欢这种树，渐渐地把它砍掉，但是因为我喜欢它们，后来就不砍了。

我们喝过酒，就到一个姓尚的人家休息。这位尚先生，也是

---

① 兴尽：兴致完了。王羲之的儿子子猷住在山阴（现在的浙江绍兴市）的时候，有一夜下大雪。半夜醒来，把窗门打开，命令仆人安排酒食喝酒，一面喝一面欣赏室外的银白色风景。忽然想念他的朋友戴安道，当时戴安道在剡（shàn）溪（现在的浙江省剡县南），于是王子猷立刻叫了小船，上船远去拜访他。过了一夜才到。到了他家门前，没进去就回家了。别人问他为什么这样。他说："我本来是乘着兴致来的，现在兴致完了，就回家了，何必一定要见戴安道呢？"以后就变成一个典故了。

② 径：直，直接。

③ 雪堂：苏轼在黄州，在东坡上筑雪堂，自称东坡居士。这堂在大雪中兴建，四面墙壁也画满雪景，所以叫雪堂。

④ 闽中：郡名，就是现在的福建省大部分。

⑤ 拊掌：拍手，表示高兴。

一个市井小民,可是他的房子非常整齐清洁,像是江浙一带的人家,竹林、花园,看了都叫人欢喜。我有点喝醉了,睡在他家的小板楼阁上,歇了一会儿,渐渐醒过来,蒙蒙中听到同去喝酒的朋友崔诚老在弹雷氏的古琴,一会儿如悲风乍起,一会儿如晓月初升,琴声清脆有力,意境深远,使我仿佛觉得不是在人间。

傍晚,到东门外散步。买了一个大木盆,想着可以注入清水,浇灌瓜和李子。沿着一条小沟走,走到何家和韩家的竹园里,那时候何家正要在竹园里造房子,地基已经开辟好了。我们就在竹荫下面喝酒。有个主簿官叫刘唐年,送了些油煎饼来,这种饼叫"甚酥",味道很好。朋友们还要继续喝酒,我忽然觉得没有兴致了,就直接回家。经过何家的小园,讨了几株小橘树,带回去种在雪堂西边。

在一起喝酒的朋友里头,有一位徐得之,将要到福建去,因为不知道以后什么时候才能相会,所以叫我把这些情形写下来,当作将来谈笑的资料。那天只有参寥师不喝酒,拿枣子汤来代酒。

【赏析】

这是一篇游记,也可说是人生小品。写于元丰七年(1084),作者四十九岁。

它主要是写作者和他的朋友们的生活情趣。和上一篇一样,它的主要情调是悠闲,所不同的是,这篇里写的景物和人物比上一篇多。

全文共分五段:

第一段记定惠院的海棠树以及东坡和友人们对它的钟爱。树和花已经换了主人，但情调还是没变，这一点，作者只说"然以予故，稍加培治"就暗示出来了。

第二段写山上的枳树。枳树的评价自然不如海棠，但是老人的形象也有可珍贵的地方，何况白花累累，香气也不寻常，比起佳人本色的海棠来，即使不能胜过它，也能够表现另一种丰采。东坡显然是拿枳树来陪衬海棠，但是也没有把它看作跑龙套的角色。

第三段记在尚家看花、休息、听琴的情形，琴声配合着美景和醉意，使他有飘飘欲仙的感觉。

第四段记韩氏、何氏竹园的情景，竹荫、美酒、甚酥、好友，配成一幅图画。但突然兴尽的东坡，在一个人回家的途中，还有兴致讨得一些橘子树，作移植的打算，真是一位身在世间而脱离尘俗的人。

第五段记述写本文的动机。顺便说明参寥禅师因为身份和习惯不同，不喝酒而喝枣汤，大概他也跟大家一样尽兴吧。

第一、二段以写景为主，第三、四段以写众友的活动为主，景物为辅，第五段是收结，也是余音。

这篇文章的一大特色是自然而不拘泥。可惜东坡对朋友们的神态很少描写，否则当会更为生动。

方山子传

　　方山子①，光、黄②间隐人也。少时慕朱家、郭解③为人，闾里④之侠皆宗之。稍壮，折节⑤读书，欲以此驰骋⑥当世，然终不遇。晚乃遁⑦于光、黄间，曰岐亭⑧。庵居⑨蔬食，不与世相闻，弃车马，毁冠服，徒步往来山中，人莫识也。见其所着帽，方耸而高，曰："此岂古方山冠⑩之遗像乎？"因谓之方山子。

　　余谪居于黄⑪，过岐亭，适见焉，曰："呜呼！此吾故

---

　　① 方山子：北宋永嘉（现在的浙江永嘉县）人，姓陈名慥，字季常，自号龙丘子。因为喜欢戴方山冠，所以人家称他为"方山子"。好侠义，不做官，隐居在黄冈县。他怕太太，也很有名，"季常癖"就是指怕太太的毛病。
　　② 光、黄：宋朝两个州名。光，旧名光化县，现在归湖北老河口市。黄，现在的湖北黄冈市。
　　③ 朱家、郭解：是汉初的两位游侠。朱家，鲁（现山东省）人，结交豪杰很多，曾经在季布危险的时候救过他。郭解，轵（现在的陕西省咸阳市西北）人，正直好义，是朱家以后的一大侠客，所以世人合称为"朱郭"。《史记·游侠列传》记载他们的事比较详细。
　　④ 闾里：乡里。闾的本意是里中门。
　　⑤ 折节：改变以前的志向。
　　⑥ 驰骋：快跑。比喻获得功名，变成大人物。
　　⑦ 遁：隐居的意思。
　　⑧ 岐亭：方山子隐居的地方，不一定是一个亭子。
　　⑨ 庵居：住在庙里，或住在孤独的房子里。
　　⑩ 方山冠：冠名，跟进贤冠很像，是宗庙祭祀的时候乐师所戴的帽子。唐、宋时代的隐士喜欢戴这种帽子。
　　⑪ 余谪居于黄：苏轼在元丰年间因为乌台诗案入狱，出狱后到黄州。

第七章 苏轼文选

人陈慥（zào）季常也，何为而在此？"方山子亦矍（jué）然①，问余所以至此者，余告之故。俯而不答，仰而笑，呼余宿其家。环堵萧然②，而妻子奴婢，皆有自得之意。

余既耸然异之。独念方山子少时，使酒好剑，用财如粪土。前十九年，余在岐山，见方山子从两骑，挟二矢，游西山。鹊起于前，使骑逐而射之，不获；方山子怒马独出，一发得之。因与余马上论用兵及古今成败，自谓一世豪士。今几日耳，精悍之色，犹见于眉间，而岂山中之人哉？

然方山子世有勋阀③，当得官，使从事于其间，今已显闻。而其家在洛阳，园宅壮丽，与公侯等；河北有田，岁得帛千匹，亦足以富乐；皆弃不取，独来穷山中，此岂无得④而然哉？余闻光、黄间多异人，往往佯狂垢污⑤，不可得而见。方山子傥（tǎng）⑥见之欤？

【译述】

方山子，是光州、黄州之间的一位隐士。少年时代，他仰慕朱家、郭解这些游侠，乡里间的侠客，都非常崇敬他，把他当作领袖。等到年纪大一些，他改变了原先的志向，用功读书，想由这条路显贵成名，但是始终没有达成他的愿望。晚年才隐居在光

---

① 矍然：惊讶地看人的样子。
② 环堵萧然：四壁萧条，指住宅很简陋。
③ 勋阀：勋，功绩。阀，门阀。意思是名门望族（贵族）。
④ 无得：不得志。
⑤ 佯狂垢污：假装疯狂不清洁的人。
⑥ 傥：同"倘"，或许。

州、黄州一带,他住的地方叫作岐亭。在那儿,他的起居饮食很简朴,不跟外边的人往来,不用车马,不穿漂亮的衣服,徒步在山里走来走去,人家都不认识他是谁。大家看到他戴的帽子又方又高,就说:"这不是古代的方山冠吗?"于是大家都叫他"方山子"。

我被贬到黄州,经过岐亭,恰好看到他,便冲口而出说:"哎哟,这不是我的老朋友陈慥季常嘛,你为什么在这里?"方山子也惊讶地瞪着我看,问我为什么到这里来,我告诉他前因后果。他听了,低下头不说话,接着抬起头来大笑,叫我住在他家里。

他家里空空荡荡的,很贫穷的样子,而妻子、孩子、用人,都有自得其乐的神情。

我感到很惊讶,想起方山子年轻的时候,喜欢喝酒玩剑,花钱像丢弃粪土一样随便。十九年前,我在岐山,曾经看见方山子带了两名从骑,挟着两副弓箭,到西山去打猎,看见鹊在前面飞起,就叫人追上去射它,结果没射中,方山子快马加鞭追过去,一箭就把它射了下来。接着跟我在马上讨论兵法,以及古今人成败的事情,以一代豪杰自诩。现在相隔不过短短的一段日子,精明强悍的神采,隐隐约约地还流露在眉目间,他哪里真是长住在山里的人呢?

可是方山子毕竟是名门世家,照说应该得个官位,假使他在这方面下工夫,现在一定很显贵了。他的老家在洛阳,庭园住宅非常壮丽,和公侯的公馆差不多;河北又有一大片田产,每年的收成可以值丝绸一千匹,也足够享受富有安乐的生活了。这一切他都不要了,偏偏到荒山里来,他哪里会是不得意才这么做的呢?我听说光、黄两州一向奇人特别多,往往装成狂妄邋遢的样子,使人不容易见到。方山子或许见过这些人吧？

【赏析】

　　这是一篇传记类的古文，是苏轼为他的老朋友陈季常所写的小传。但写法很特别，先不交代他的姓名籍贯，却从外号写起。可说是对特别人物的一种特殊作法。

　　陈慥的妻子柳氏，既妒忌又强悍，苏东坡因为跟他们很熟，就开玩笑说她是"河东狮"，而且还写在诗里面，这样一来，陈季常就变成怕太太的代表了，而本文却从另一个更重要的角度描写他，使他的豪杰气概生动地流露在读者的眼前，使人对他印象一新。

　　全文共分四段：

　　第一段半明半暗地写方山子的言行、衣着和思想、经历，又叙述"方山子"这个绰号的由来。

　　第二段由一个偶然的机缘透露出方山子的真正姓名、身份，并记作者和他在黄州相遇时的情形，和初次看到他山中家居的印象。

　　第三段回忆方山子以往的情形，其实只着重在一件事上：岐山驰射，畅谈古今。却引出最后一句话："而岂山中之人哉？"跟第一句的"余既耸然异之"正好相呼应。

　　第四段又进一步来解释自己心里的疑惑。但是解释之前，先说了许多方山子不该隐居的条件。最后也没有真正地说出答案来，只是强烈地暗示他也是"光、黄间"的"异人"之一而已。"方山子傥见之欤？"说得多么含蓄，多么委婉，也可以说微微透露了东坡的幽默感。

  作者只是用同情的笔调写照方山子的一生，是纵剖，也是横截，文字虽简短，给人的印象却很强烈，因为作者多半写实情实景，说明和议论很少，同情中有敬佩，敬佩中又有少许惆怅。

第八章

苏辙文选

第八章 苏辙文选

苏辙生于宋仁宗宝元二年（1039）二月，卒于徽宗政和二年（1112）十月三日，享年七十四岁，是唐宋八大家里最后的一位，也是最长寿的一位。

苏辙字子由，一字叔同，是苏洵的第三个儿子，苏轼的弟弟，跟子瞻兄弟间情感非常好。晚年自号栾城，又号颍滨遗老，而且还写过一篇《颍滨遗老传》的自传，长两万多字，恐怕是中国古代最长的自叙传。

苏辙出生的时候，父亲三十一岁，母亲程太夫人命奶妈杨氏乳养他。他跟哥哥从小就由父母亲教导，在南轩读书。槛前种了一些花木，常常有许多雀鸟在那当中做巢，飞来飞去，非常热闹，乡里的人都很惊奇。子由八岁的时候，父亲游学回来，把南轩改成来风轩，从此以后，十年没出远门，专心教儿子读书。苏辙天生聪明，又加父、兄的指点，进步很快。他们又向眉山城西西社刘巨（字徽之）求教，刘巨也很欣赏兄弟二人的才学。

苏子由跟哥哥一样，也早婚，十七岁娶了同里史瞿的女儿，而且夫妇情感很好，有一首诗，是子由晚年所写的《寄内书》，里面有这么四句：

> 与君少年初相识，君年十五我十七。
> 上事姑章旁兄弟，君虽少年少过失。

一个十五岁的少妇，已经能够很好地侍奉公婆，对待夫家的兄弟，实在难得。这对苏辙的寿命，应该有直接的影响。

仁宗嘉祐元年（1056），苏洵认为两个儿子的学业已经有了相当的造诣，三月间便带他们去京城应试，五月才到达开封，恰好连月苦雨，城中淹水，到处房子都倒塌了，苏家父子只好借住在兴国寺里。

嘉祐二年（1057），苏辙也考中了进士，因为兄弟一起高中，还引起一场风波，落第的考生们有表示不服的，但苏氏父子却因为名满天下，也影响到许多考生争读他们的文章，甚至学习他们朴实高古的风格。

不料母亲程太夫人病故，父子三人匆匆回乡，三年丧满，又三人同行，再次到京都去。上次他们所走的是陆路，经四川北部、陕西凤翔东下到河南，这次赴京却改变了路线。大约是想借此机会，多游山川名胜，观赏各地风景文物。他们由西川（四川之一）沿江东下，坐了两个多月的船，经过十一个郡、二十六个县，包括犍为、宜宾、戎州、渝州、涪陵、仙都、忠州等地，到鱼腹山眺望诸葛亮的八阵图，到夔州（现在的重庆市奉节县）凭吊刘备驾崩的白帝城永安宫，过瞿塘峡、巫峡、神女庙，饱览名胜古迹，水光山色，亲自经历巫山的云雨和鹤叫猿啼，十二月八日才到荆州江陵（现在的湖北省荆州市），子由把在船里所吟成的诗赋一百首，合编成《南行集》。父子三人因为天气寒冷，便暂时住在江陵过年。

嘉祐五年（1060）正月五日，才由江陵改走陆路，由荆门、宜城经过襄阳、邓州、唐州，二月到许昌，遇到名臣范仲淹和他的儿子纯仁，互相倾诉敬慕的心意。三月十五日到达开封，子由又把由江陵到开封途中所写的诗赋七十二篇，编成《南行后集》。

苏家父子到了京都后，父兄各得官职，但子瞻没有上任。嘉祐六年，兄弟两人同考制策，八月二十五日子瞻对制策列为三等；子由因为仁宗年纪大了，有点厌倦政务，在对策中高谈国事的得

第八章 苏辙文选

失，尤其对于禁廷的事，更痛切表示不满的意见，自己知道凶多吉少，复考官（复审的考官）也把他列入三等，初考官胡宿却认为他发表的意见太不顾礼貌，坚持把他除名，幸亏司马光、范镇上书为他努力争取，仁宗皇帝也还算开明，只把他降一等列入四等。不久下令子由任试用秘书省校书郎，充商州（现在的四川省宜宾市西北）军事推官，刚好子瞻已奉命去凤翔府担任判官，子由便以兄长远行为由，请求留在京都，专任校书郎，以便奉养父亲，仁宗准许了他的请求。

嘉祐八年（1063）仁宗驾崩，英宗即位，改元治平元年（1064），子瞻由凤翔回到京都，兄弟重聚，侍候父亲，同住在宜秋门里的南园，共享天伦的乐趣。不久苏轼又应试学士院，再中三等，做了殿中丞，进史馆工作，苏辙则为大名府（现在的河北省大名县）留守推官，因为哥哥留在京都侍养父亲，他便正式到大名府去上任。

治平三年四月，父亲苏洵逝世，苏轼兄弟护送棺柩还乡，治平四年埋葬亡父于彭山，此后三年，也就是子由二十八岁到三十岁的时候，他都在家乡守丧。

神宗熙宁元年（1068）五月，服丧期满，兄弟两人就带着家眷经过成都、阆中、凤翔，经过长安过了年，熙宁二年（1069）春天回到京都。

神宗有心革新政治，重用王安石，苏辙到京都以后，就上书议论国家大事，神宗召他到延和殿面谈，命令他参加王安石所主持的三司条例司，检讨文字。当时吕惠卿是王安石最信任的官员，苏辙跟他的意见有很多不合的地方。王安石叫他研究青苗法的实施细则，并命他凡有不便的地方，可以明白地告诉自己。苏辙认为问题有两个：一、经管收支的官吏从中舞弊；二、老百姓滥用借到的公款，将来缴纳钱粮也会成问题，王安石虽然答应再考虑，却终于不顾一切地实行了。子由上书反对，王安石大怒，想加罪于他，幸而陈升之劝解，才算免罪，便改任河南留守推官。熙宁六年（1073）改为齐州（现在的山东省济南市）书记，十年改任著作郎。张方平留守南京，子由又随着去那里担任推官。元丰二年（1079）子瞻因为乌台诗案入狱，子由上书请求纳还自己的官职，来替哥哥赎罪，神宗不答应，反而把他贬到筠州（现在的江西省高安县）去监理盐税和酒税（等于税务局稽查处处长）。元丰七年（1084），才升为绩溪县（现在的安徽省绩溪县）知县，他在任的时间虽然不长，但很有成绩，对于骚扰百姓的事完全禁止，老百姓爱戴他，都称赞他是清官。

哲宗即位，大赦天下，子由也被召还朝，先做秘书省校书郎，不久王安石下台，司马光等重新当政，苏辙升为右司谏，屡次上书建议改革政治上的流弊，而且对王安石的余党章惇等也一再弹劾，尤其忘恩负义的吕惠卿出卖了王安石，子由一本他的正义感，上疏指摘吕氏的奸邪，吕惠卿因此而被贬。同时他也反对司马光恢复差役法以及匆忙地改变考试科目，但司马光没有接受他的意见。

不过在司马光再度执政的这段时间里，苏辙总是尽最大的心力来辅佐他，因为子由相信司马光是一位正人君子，而且有心把国家治好。司马光为人固执，子由当然有些无可奈何，但是他不泄气，凡是自己所看到的、想到的，一定率直地告诉宰相，对皇帝也常常直言劝谏。譬如西夏派遣使臣来，请求把兰州五砦（zǐ）地方还给他们，朝廷里的大臣纷纷议论，但都没有得到适当的结

第八章 苏辙文选

论，苏辙不怕别人的反对和猜疑，理智地分析问题，然后建议朝廷把五砦还给西夏，他的理由是："皇上继位不久，年纪还轻，现在由皇太后听政，将帅士兵都还没有深深感受到皇上的恩情，这个时候不适合打仗，所以还是把那块地方还给西夏的好。"

果然，西夏人得到五砦后，非常高兴，不再骚扰边境了。

另外，朝廷大臣讨论恢复黄河故道的事，苏辙也有他独特的看法，他认为黄河泛滥，河水改道，并不是从神宗时代才开始，几百年前就有这种现象了，现在如果不按照以往的处理办法，用人工来修堤堵水，勉强它恢复旧日的河道，是违背自然的做法，劳民伤财，说不定到头来还徒劳无功呢。可惜朝廷没有采纳他的意见。

元祐二年（1087）十一月，苏辙升任户部侍郎，三年还充任考官。

他在户部侍郎任上做了两年，对于整理国家财赋，有相当大的贡献。他主张国家的财富应该尽量收藏在民间，收藏在地方上，只要地方上财源充足，转运司便不会缺乏，转运司不缺乏，中央政府也不会缺乏。可惜这项大胆的建议也没有被采纳。

元祐四年（1089），子由五十一岁，六月八日转任吏部侍郎。只过了三天又升官了，改任翰林学士，暂兼吏部尚书。十六日，皇上派他跟刑部侍郎赵君锡一起担任贺辽国国君生辰使。

十月，苏辙把他奉命编辑的一部大书——《神宗御制集》献给皇上。这部集子一共九十卷，收录九百三十五篇文章，不过大部分都是臣子代笔的。

十一月到达辽国（契丹），元祐五年（1090）正月才回国。出使辽国期间，正是严冬天气，积雪很厚，非常辛苦，他曾经写了"奉使契丹"的诗二十八首，详细抒写出使的经过和感受。辽人久闻子由大名，对他很礼遇。

五月，改任龙图阁直学士御史中丞。元祐六年（1091）二月，任尚书右丞。这一年里，他自己编定《栾城集》。因为引用汉光武帝来比方先朝的事，哲宗对他不满。

哲宗绍圣元年（1094），子由五十六岁，哲宗重新起用章惇做尚书左仆射兼门下侍郎，以王安石配享神宗先庙，恢复已故的蔡确等的官职，重修《神宗实录》，改掉对新党不利文字，新党就这样全面地重新掌握大权。苏辙当然是他们的眼中钉，于是由李靖臣出面攻击他，三月便命他仍以门下侍郎的头衔，贬到汝洲（现在的河南省汝州市）去做知州，六月又叫他去袁州（现在的江西省宜春市）当知州，降官左朝议大夫，七月又降为少府监，住在筠州。

到了绍圣四年（1097）的二月，又改授化州（现在的广东省化州市）别驾，住在雷州（现在的广东省雷州市）同一个月里，哥哥也被贬放到琼州去，五月里两人在藤州（现在的广西省藤县东北）相会，一起走了好一程，这简直是生离死别的场面！接着又命令他到循州（现在的广东省梅州市），简直把他当一颗小棋子一样，移来移去，任意摆布。

哲宗驾崩，徽宗即位，又大赦天下。苏辙却仍继续他的流浪生涯，一会儿永州，一会儿岳州（现在的湖南省岳阳市），一会儿恢复太中大夫的官职，蔡京做宰相时，又降为朝议大夫，待在许州（现在的河南省许昌市），不久再做太中大夫。

苏子由已经六十二岁了，他实在对政治已经厌倦透了，便上表请求退休，就此住在许昌养老，因为位于颍水边，所以自号颍滨遗老，不问世事，整理著作，吟诗写文，并默坐修证，参悟禅机，过了十几年浑然忘我的生活。

他的文章气势高妙，阴柔中含有阳刚的成分，议论温和而中肯，受《论语》《孟子》、韩愈古文的影响很大。他主张多游历山川，多交朋友，以充沛自己的体气，开阔自己的心胸，这样才能写出最好的文章来。

他的重要著作有：《诗集传》《春秋传》《古史》《老子解》《栾城集》等。

六国论

愚[1]读六国[2]《世家[3]》，窃[4]怪天下之诸侯，以五倍之地，十倍之众，发愤[5]西向，以攻山西千里之秦[6]而不免于灭亡[7]，常为之深思远虑，以为必有可以自安之计。盖未尝不咎[8]其当时之士虑患之疏而见利之浅，且不知天下之势也。

---

[1] 愚：古人谦虚，以"愚"自称，等于"我"。
[2] 六国：战国时秦岭以东的燕、赵、韩、魏、齐、楚六国。
[3] 世家：《史记》上诸侯王公大臣世代的记载，等于是一个家族的历史。
[4] 窃：私下。
[5] 发愤：奋发，奋勇。
[6] 山西千里之秦：山，指崤山。秦国在崤山西边，占有现在陕西省西安市以西的地方，称为关中，沃野千里。
[7] 不免于灭亡：秦始皇十七年（前230）灭韩国，十九年灭赵国，二十三年灭魏国，二十四年灭楚国，二十五年灭燕国，二十六年灭齐国。
[8] 咎：归罪。

夫秦之所与诸侯争天下者,不在齐、楚、燕、赵也,而在韩、魏之郊;诸侯之所与秦争天下者,不在齐、楚、燕、赵也,而在韩、魏之郊;秦之有韩、魏,譬如人之有腹心之疾①也。韩、魏塞秦之冲,而蔽山东之诸侯,故夫天下之所重者,莫如韩、魏也。

昔者范雎(jū)②用于秦而收韩,商鞅③用于秦而收魏,昭王④未得韩、魏之心,而出兵以攻齐之刚寿,而范雎以为忧;然则秦之所忌者,可以见矣。秦之用兵于燕、赵,秦之危事也。越韩过魏而攻人之国都,燕、赵拒之于前,而韩、魏乘之于后,此危道也。而秦之攻燕、赵,未尝有韩、魏之忧,则韩、魏之附秦故也。夫韩、魏,诸侯之障,而使秦人得出入于其间,此岂知天下之势耶?委区区之韩、魏,以当强虎狼之秦,彼安得不折⑤而入于秦哉?韩、魏折而入于秦,然后秦人得通其兵于东诸侯,而使天下遍受其祸。

夫韩、魏不能独当秦,而天下之诸侯借之以蔽其西,故莫如厚韩亲魏以摈秦。秦人不敢逾韩、魏以窥齐、楚、燕、赵之国,而齐、楚、燕、赵之国因得以自完于其间矣。以四无事之国,佐当寇之韩、魏,使韩、魏无东顾之忧⑥,而为

---

① 腹心之疾:就是"心腹之患",这里是比喻对方地形的险要,对自己形成很大的威胁。
② 范雎:魏国人,先在魏中大夫须贾手下做事,后来改名张禄,游说秦昭王用远交近攻的计策对付六国诸侯,因此拜为丞相,封应侯。
③ 商鞅:卫国人,秦孝公的丞相,主持变法,使秦国十分富强,封于商(现在陕西省商县一带),号商君。有时又称他为卫鞅。
④ 昭王:名稷。
⑤ 折:屈,屈服。
⑥ 东顾之忧:顾虑东边国境上的外患。

第八章　苏辙文选

天下出身①以当秦兵。以二国委②秦，而四国休息于内，以阴助其急，若此，可以应夫无穷③。彼秦者将何为哉？不知出此，而乃贪疆场（yì）④尺寸之利，背盟败约⑤，以自相屠灭⑥，秦兵未出，而天下诸侯已自困矣。至于秦人得伺其隙以取其国，可不悲哉！

【译述】

我曾读过《史记》六国《世家》，私下责怪六国的诸侯，以比秦国大四五倍的土地，十倍的军队，奋勇向西，攻打崤山西边千里平原的秦国，反而逃不了灭亡的命运，我常为他们仔细盘算，以为一定有可以保全自己的计策；因而不能不归罪于当时的谋士，他们考虑问题实在太不周密了，只晓得注意眼前的小利，目光短浅，根本看不到天下的大势。

秦国和各国诸侯争夺天下的重点，不在齐、楚、燕、赵那几个国家，而在韩、魏的边境上，诸侯和秦国争夺天下的重点，也不在齐、楚、燕、赵各国，而在韩、魏的边疆上；韩、魏两个国家，对秦国来说，就好像人在心脏和腹部有了疾病一样。韩、魏堵塞

---

① 出身：献出他的生命。
② 委：对付。
③ 应夫无穷：应付那无穷的变化或变乱。
④ 疆场：边境。
⑤ 背盟败约：周显王三十六年（前333），苏秦游说六国，结成合纵（联合南北各国）的盟约，来对抗秦国。秦国派张仪到各国提倡连横（连结西方的秦国）的政策，分化齐、楚，威胁、诱骗韩、赵、魏三国，终于发生功效，周赧（nǎn）王二年（前313），楚国跟齐国绝交，合纵的盟约也就瓦解了。
⑥ 自相屠灭：自相残杀。

· 217 ·

住了秦国的要道，却屏障了崤山以东的诸侯。所以天下人所重视的，没有超过韩、魏两国的了。

从前秦昭王用了范雎，就攻打韩国，秦孝公用了商鞅，就攻打魏国。昭王没得到韩、魏的归心，却出兵去攻打齐国的刚、寿地区，范雎为这担忧；那么秦国所顾忌的，由此可以看清了。秦国对燕、赵用兵，实在是危险的事。越过韩国、魏国去攻打人家的国都，燕、赵在前头抗拒它，韩、魏又乘机在后边攻击它，所以说这是冒险的做法。可是秦国攻打燕、赵，毫不担心韩、魏，那是韩、魏先已经归附秦国的缘故。韩、魏两国本来是诸侯的屏障，却让秦国的军队自由出入他们的国境，这哪里是懂得天下的大势呢？丢下小小的韩、魏，让他们去抵挡虎狼似的强秦，他们怎么能不屈服而倒向秦国的怀抱呢？韩、魏屈服而倒向秦国，然后秦国人就可以派军队通过他们的国境，去攻打东边的诸侯，使天下普遍蒙受他们的祸害。

韩、魏两国不能单独抵抗秦国，而天下各国的诸侯却要靠他们掩蔽西边，所以最好亲近韩、魏来抵抗秦国。秦国人也就不敢跨越韩、魏，来动齐、楚、燕、赵四国的脑筋，那么齐、楚、燕、赵四国，就可以自我保全了。以这样四个没有外患的国家，帮助面临敌寇的韩、魏，使韩、魏没有东面的忧虑，替天下人挺身出来抵挡秦军。以韩、魏两国来对付秦国，其余四国在后边休息，暗中援助他们，像这样就可以应付无穷的变化了，那秦国还能怎么样呢？不晓得采用这种计谋，却贪图边境上小小土地的利益，违背盟誓，破坏条约，甚至自家人互相残杀，秦国的军队还没有来，六国诸侯已经各自疲困了。这样一来，秦国人就抓住大好的机会，消灭他们的国家，岂不是让人痛心的事吗？

第八章　苏辙文选

【赏析】

这是一篇论说文,讨论历史上一桩重大的事件:秦国为什么会灭亡六国。

苏辙的父亲也曾写过一篇《六国论》,大意是说明六国灭亡的原因,在于不能合纵到底,不能坚决抵抗秦国,而纷纷地谄媚强敌,使秦国不必出兵,就已日渐壮大。苏洵写那篇文章,显然是针对北宋仁宗时对辽国、西夏的软弱政策,而作了一番沉痛的讽刺。

苏辙这篇《六国论》则说明六国被灭的原因,是在于当时六国的谋士,不了解天下的大势。他主张六国密切配合,让韩、魏作先锋,其他四国作后援,使秦国没法向东出兵,六国就可以长久保全了。其实这还是苏洵合纵的构想,不过苏辙发挥得比父亲更透彻而已。

全文可分四段:

第一段开章明义,由作者读《史记》的感想说起,责怪六国谋士眼光短浅,头脑简单,不明白天下大势。文气酣畅,毫不保留。

第二段分析韩、魏两国在六国对付秦国的攻防战中的重要性,反复申论,以"腹心之疾"为喻。

第三段以当年范雎、商鞅的事来说明韩、魏始终是秦国盛衰的关键,又以范雎的担忧来强调秦国的顾忌,可说是步步为营,使读者不能不由疑而信。然后再就六国的当前局势,从正、反两面分析讨论:正面是"韩、魏乘之于后",使秦国危险;反面的情形是"韩、魏附秦",而使天下遍受秦国的祸害。

第四段再作详细地安排部署,并惋惜六国只见眼前小利,上了秦国的大当,背盟的结果就是灭亡,只留下后人的无限痛心和惆怅。

全文说理清晰,文势始终不衰,是子由议论文中的代表作。

上枢密韩太尉书

太尉执事①:辙生好为文,思之至深,以为文者气②之所形。然文不可以学而能,气可以养而致。孟子曰:"吾善养吾浩然之气。"③今观其文章,宽厚宏博④,充乎天地之间,称其气之小大。太史公⑤行天下,周览⑥四海名山大川,与燕、赵⑦间豪俊交游,故其文疏荡⑧,颇有奇气。此二子者,岂尝执笔学为如此之文哉?其气充乎其中而溢乎其貌,动乎其言,而见(xiàn)乎其文⑨,而不自知也。

辙生十有九年矣。其居家所与游者,不过其邻里乡党⑩

---

① 执事:对人的尊称,原意是左右办事的人员。书信中习用的敬辞,表示不敢直接跟对方说话,只敢请左右的人转达的意思。
② 气:意义很广泛,在这里可以解释作"精神"或"气质"。
③ "吾善养吾浩然之气":出自《孟子·公孙丑上》。
④ 宽厚宏博:宽大温厚、宏深广博的气象。
⑤ 太史公:指司马迁,曾做过太史令,所以有这一尊称。
⑥ 周览:看遍。
⑦ 燕、赵:燕,现在河北省的南部。赵,现在山西省的北部。古代在这里聚集了不少侠义的人。
⑧ 疏荡:潇洒豪壮。
⑨ 见乎其文:表现在他的文章里。
⑩ 邻里乡党:就是乡里邻居。周朝的制度是这样的:五家为一邻,二十五家是一里,一万二千五百家是一乡,五百家是一党。

第八章　苏辙文选

之人，所见不过数百里之间，无高山大野可登览以自广①。百氏之书虽无所不读，然皆古人之陈迹，不足以激发其志气。恐遂汩（gǔ）没②，故决然舍去，求天下奇闻壮观，以知天地之广大。

过秦、汉之故都③，恣观④终南⑤、嵩（sōng）、华⑥之高，北顾黄河之奔流，慨然想见古之豪杰。至京师⑦，仰观天子宫阙之壮，与仓廪（lǐn）府库⑧城池苑囿之富且大也，而后知天下之巨丽。见翰林欧阳公⑨，听其议论之宏辩，观其容貌之秀伟，与其门人贤士大夫游，而后知天下之文章聚乎此也。

太尉以才略⑩冠天下，天下之所恃以无忧，四夷之所惮以不敢发⑪。入则周公、召公⑫，出则方叔、召虎⑬，而辙也未之见焉。且夫人之学也，不志其大，虽多而何为？辙之来

---

① 自广：增广自己的见闻。
② 汩没：灭没，沉没，堕落。
③ 秦、汉之故都：秦国的京都在咸阳，就是现在的陕西省咸阳市。西汉的京都在长安，就是现在的陕西省西安市。
④ 恣观：任意观赏。
⑤ 终南：就是终南山，又叫南山、秦山、秦岭。横亘在关中南部。
⑥ 嵩、华：中岳嵩山，在河南登封市北。西岳华山，在陕西华阴市南。
⑦ 京师：北宋京都汴京，就是现在的河南省开封市。
⑧ 仓廪府库：仓廪，储藏粮食的地方。府库，收藏文书、钱财、布帛的地方。
⑨ 翰林欧阳公：指欧阳修，因为他曾做过翰林院侍读学士。
⑩ 才略：才能和计谋。
⑪ 发：发兵。
⑫ 入则周公、召公：在朝廷里就像周公旦、召公奭当年辅佐周武王平定天下。
⑬ 出则方叔、召虎：带兵在外，就像方叔、召虎，当年为周宣王平定蛮夷，中兴周朝。方叔，宣王的大将，奉命南征，使楚蛮投降。召虎，召公的后代，是宣王的大臣，讨伐淮夷有功。

也，于山见终南、嵩、华之高，于水见黄河之大且深，于人见欧阳公，而犹以为未见太尉也！故愿得观贤人之光耀，闻一言以自壮，然后可以尽天下之大观而无憾者矣。

辙年少，未能通习吏事。向①之来，非有取于升斗之禄②，偶然得之，非其所乐。然幸得赐归待选③，使得优游数年之间，将以益治其文，且学为政。太尉苟以为可教而辱教之④，又幸矣。

【译述】

太尉左右：我生性喜欢写文章，曾经反复深入地思考过，以为文章是一个人的人格和气质的表现。但是文章不是单靠学习就可以写好的，而人格和气质是可以好好培养的。孟子说："我善于培养我堂堂正正的精神。"现在我们读他的文章，真是宽厚博大，好像充满了整个世界，正流露出他精神的伟大。司马迁走遍天下，到处游览名山大江，和燕、赵一带的豪杰交游，所以他的文章洒脱豪放，十足表现了奇特的气质。这两位古人，什么时候曾特地下功夫学写这样的文章呢？他们的精神充溢在身体内，自然流露到外表上，表现在言语中，抒写在文字里，而自己还不大觉得吧。

我已经十九岁了。平常结交来往的人不过是一些同乡和邻居，

---

① 向：从前，前一阵子。
② 升斗之禄：有限的薪水。
③ 待选：等候吏部遴选任官。
④ 辱教之：屈身教我。辱，委屈自己。

第八章　苏辙文选

所看到的只不过附近几百里的地方，没有高山旷可以让我去登临远望来增长自己的见识。诸子百家的书，我虽然一本本读，可是那些到底只是古人的遗迹，不大能激发我的志向和精神。恐怕这样长久下去，会消沉了我的志气，所以我决定离开家乡，探访天下的奇闻壮观，也好了解天地的广大。

我经过当年秦、汉的京都咸阳、长安，尽情地观赏终南山、嵩山、华山的高大雄伟，北边瞻望黄河的奔流，想见豪杰，不禁引起很大的感慨。到了京都，仰观天子宫殿的壮丽堂皇，仓库、城池、园囿的富足和高大，这才知道天下的广阔壮丽。拜见翰林欧阳永叔先生，听到他议论的宏大渊博，瞻仰他容貌的清秀魁伟，跟他的门人贤士大夫交游，这才知道天下的文章精华都聚集在这儿了。

太尉的才能智谋是天下无双的，天下全靠了您才没有忧患，四方的外邦也怕您，所以不敢发兵扰乱。您一上朝，就像周公、召公辅佐武王安定天下，您出外带兵，就像方叔、召虎为周宣王平定外邦，但是我还没有拜见过您。一个人求上进，要是不效法伟大的人物，哪怕学问再多，又有什么用呢！我来到这儿，在山岳方面，看到了终南山、嵩山、华山的高大，在河川方面，看到黄河又阔又深；在人物方面，拜见过欧阳修，但是还没机会拜见太尉！所以希望能瞻仰您这位贤人的风采，听您一次谈话，来壮大自己的志向，然后才算见过天下的大世面而没什么遗憾了。

我年纪小，还没能够学通政事。这次来京都，并不是想谋得一官半职。偶然考中了，也不觉得特别高兴。幸而得到恩准，回家等候任官的命令，使我能再悠闲自在地过几年，我将回去再锻炼自己的文章，同时学习办公事。太尉如果认为我可以教诲而屈身开导我，那该是我最庆幸的事了。

【赏析】

　　这是一篇书信。宋仁宗嘉祐二年（1057），苏辙跟哥哥苏轼一起考取进士，很受考官欧阳修的器重。由于子由的年纪只有十九岁（实足十八岁），所以朝廷命令他先回乡，等待以后的任命。于是他在京都给当时掌权的枢密使韩琦写了这封信，表示他的志愿，也显露一下他的才华。

　　给一个从来没有见过面的陌生人写信，是一件困难的事情，尤其对方又是一位大官，写信的人更会觉得冒昧、惶恐，何况对方会了解：你写信来不只是表示仰慕的意思，多少还希望对自己有机会能提拔提拔，栽培栽培，这就更难下笔了。

　　子由很巧妙地由写文章必须"养气"说起，由古到今，由人及己，把话引上正题，终于说出希望见见对方、希望对方教导自己的心意，可说是相当委婉，相当高明。

　　全文共分五段：

　　第一段完全讨论文章与养气的关系。认为一个人修养到家，精神洋溢，文章自然高妙，举孟子、司马迁两位大家为例，指出周游、交友是养气的最重要方法。表面上是讨论一个客观的问题，其实是为下文伏下一些有用的线索，可以说是"蓄势待发"。

　　第二段说明自己离开家乡的理由——直接扣住上段的周游、交友二目的，也就是要开阔自己的心胸和见识。这样一推展，作者的目的地就接近多了。

　　第三段叙述他到关中来的见闻和经历：有山、有水、有城池、有宫殿，还有伟大的人物。但人物只说到欧阳修和他门下的贤士，

第八章　苏辙文选

便戛然而止，其实这一暂停，正是为下一幕展开序幕。

第四段才是正场戏：太尉。歌颂书信的对象，必须不流于空泛或肉麻。周公、召公、方叔、召虎，集于一人身上，是否有点过分？幸而文章写到这儿，作者又巧妙地一转，往自己身上说，再度强调自己的上进心和志向，然后再以高山、黄河、欧阳修烘托太尉，好像"太尉"是群山的巅峰，而作者是一个爬山的人。

第五段又把话说得更清楚些，流露出求教的心意，并表示自己是一个想做大事而不在乎做不做大官的人，含蓄却又清晰，自信却又说谦逊，真是"汪洋澹泊"的好文章。

黄州快哉亭记

　　江出西陵[①]，始得平地，其流奔放肆大；南合湘、沅[②]，北合汉、沔[③]，其势益张。至于赤壁[④]之下，波流浸灌，与海相若。清河[⑤]张君梦得谪居齐安[⑥]，即其庐之西南为亭，以览观江流之胜，而余兄子瞻名之曰"快哉"。

---

① 江出西陵：江，指长江。西陵，巫山三峡之一，在现在湖北省宜昌市西北。
② 沅、湘：沅水源出贵州省瓮安县，东流进入湖南省，分几道注入洞庭湖。湘水源于广西省兴安县，向东北流进湖南省，注入洞庭湖。
③ 汉、沔：汉水源出陕西省宁羌县，经汉阳注入长江。汉水的上流叫沔水。
④ 赤壁：在湖北省黄冈市城外，又叫赤壁矶。
⑤ 清河：现在的河北省清河县。
⑥ 齐安：这里就是指黄州，宋代属于齐安郡。

盖亭之所见，南北百里，东西一舍①，涛澜汹涌②，风云开阖③，昼则舟楫出没于其前，夜则鱼龙悲啸于其下，变化倏（shū）忽④，动心骇目⑤，不可久视。今乃得玩⑥之几席之上，举目而足。西望武昌⑦诸山，冈陵⑧起伏，草木行列，烟消日出，渔夫、樵父之舍，皆可指数，此其所以为快哉者也。至于长洲之滨，故城之墟，曹孟德⑨、孙仲谋⑩之所睥睨（pì nì）⑪，周瑜⑫、陆逊⑬之所骋骛（wù）⑭，其流风遗迹，亦足以称快世俗。

昔楚襄王⑮从宋玉⑯、景差（cuō）⑰于兰台之宫⑱，有风

---

① 一舍：三十里叫一舍。
② 汹涌：水势很大很猛的样子。
③ 开阖：聚散。
④ 倏忽：快速的样子。
⑤ 骇目：眼睛一看见就感到惊骇。
⑥ 玩：欣赏。
⑦ 武昌：现在的湖北省武汉市武昌区，在长江南岸。
⑧ 冈陵：山脊叫冈，土坡叫陵。
⑨ 曹孟德：就是曹操，孟德是他的字。
⑩ 孙仲谋：就是孙权，三国吴国第一个君主，仲谋是他的字。
⑪ 睥睨：傲慢地斜眼看人的样子。
⑫ 周瑜：三国吴国的大将，赤壁之战的主帅。
⑬ 陆逊：也是吴国的大将，后来做吴国的宰相。
⑭ 骋骛：就是驰骋的意思。骛，奔驰。
⑮ 楚襄王：楚怀王的儿子，名横，在位三十六年，死后谥顷襄王。
⑯ 宋玉：战国楚国人，屈原的学生，写过《神女赋》《高唐赋》等，也是楚辞的大家。
⑰ 景差：战国楚国人，顷襄王的臣子，喜欢辞赋，效法屈原，跟宋玉齐名。
⑱ 兰台之宫：兰台，地名，在现在的湖北省钟祥市。宋玉《风赋序》："楚襄王游于兰台之宫，宋玉、景差侍（在一旁伺候），有风飒然而至。"

飒（sà）然①至者。王披襟②当之，曰："快哉此风！寡人③所与庶人共者耶？"宋玉曰："此独大王之雄风耳，庶人安得共之？"玉之言，盖有讽焉：夫风无雌雄之异，而人有遇不遇之变，楚王之所以为乐，与庶人之所以为忧，此则人之变也，而风何与焉？

士生于世，使其中不自得，将何往而非病？使其中坦然，不以物伤性④，将何适⑤而非快？今张君不以谪为患，窃会计⑥之余功，而自放山水之间，此其中宜有以过人者。将蓬户瓮牖（wèng yǒu）⑦，无所不快，而况乎濯长江之清流，揖西山之白雪，穷耳目之胜⑧以自适⑨也哉？不然，连山绝壑，长林古木，振之以清风，照之以明月，此皆骚人、思士⑩之所以悲伤憔悴而不能胜（shēng）⑪者，乌睹其为快也哉？

【译述】

长江出了西陵峡，才进入一片平原，它的水流也更宽大自由，

---

① 飒然：风声。
② 披襟：打开衣襟。
③ 寡人：寡德的人，德行不太好的人，是古代诸侯的谦称。
④ 以物伤性：受了外物诱惑，因而损害自己和天性。
⑤ 适：往，去，到。
⑥ 会计：总计和考核，引申为日常的政务。
⑦ 蓬户瓮牖：比喻穷人家。蓬户，以蓬草编成旳门户。瓮牖，用破瓮（瓦罐）做窗，也有人说是窗子小得像瓦罐的意思。
⑧ 胜：美景。
⑨ 自适：自得，自得其乐。
⑩ 骚人、思士：骚人，诗人。思士，哲学家，思想丰富的人，也可以指文人。
⑪ 胜：忍受，承担。

南面汇合了沅水、湘水,北面汇合了汉水、沔水,水势格外浩瀚;到了赤壁下头,各方的水都灌注在一起,好像大海一样。清河人张梦得先生贬官到齐安郡,在他的寓所西南造了一座亭子,用来观赏江水的美景,我的哥哥子瞻给它起了个名字,叫作"快哉亭"。

由亭子里向外看,可以看到南北一百里,东西三十里,波涛汹涌,风云聚散,白天有船在它前边出没,晚上有鱼龙在它下边怪叫,景色变化得很快,看了叫人心惊胆战,不敢凝视得太久。现在却能够坐在桌子旁的席上欣赏,放眼看个饱。向西边眺望武昌一带的山,山峰高低起伏,草木一行行地排列着,烟雾消散,太阳就出来了,渔夫和樵夫的房子,可以一家家数个清楚,这就是它称为快哉亭的原因了。至于沙洲的边上,故城的旧址,是曹操、孙权当年称雄的地方,也是周瑜、陆逊往来奔驰的地方,他们的流风遗迹,也足够教后世的人叫好。

从前楚襄王带着宋玉、景差到兰台宫里,刚好有一阵风飒飒地吹过来。楚襄王打开衣襟,迎着风说:"好痛快啊,这阵大风!这可是我跟老百姓一起享受的?"宋玉接着说:"这是大王一个人独享的'雄风',老百姓怎么能一起享受呢?"宋玉的话大概暗中带着讽刺的意味。其实风根本没有雌雄的分别,但是人倒是有得意和不得意的差异。楚王感到快乐,老百姓感到忧愁,这都是人事上的不同变化所造成的,跟风又有什么关系呢?

人活在世界上,假如他心里不痛快,到哪里感伤呢?假使他心里坦荡荡的,不受外物的影响而伤害自己天性,到哪里能不快活呢?现在张先生不因为被贬而感到忧伤,利用公余的时间,把自己的心灵寄托在山水间,这是他内在的修养有超过别人的地方。

就算是拿蓬草编门、用破罐做窗,日子也不会不快乐,何况还能在长江的清流中洗涤自己的心胸,把西山的雪邀请来作朋友,还有看不完的景色、听不腻的音声来自我陶醉呢?要不然,绵亘的山,断隔的深谷,广大的森林,古老的树木,在清风的吹拂下,明月的照耀下,都足以使诗人、哲人悲伤消瘦得受不了,哪里还有什么可乐的呢?

【赏析】

这是一篇记述文,是游记,也是人生杂记。

苏辙在宋神宗元丰六年(1083)十一月初一所作,那年他四十五岁,正是成熟的中年。这篇文章是特地为他朋友所筑的快哉亭写的。这座游憩的亭子似乎象征了一种人生观,有点近乎苏轼在《前赤壁赋》里所表现的。

全文共分四段:

第一段写快哉亭的背景、兴建的经过以及命名的由来。开头的写法有点学《山海经注》,气势也很充沛,好像读者也已经身历其境。

第二段介绍亭的视野,四面八方,白天晚上都说到了,又联想起三国时代那些英雄豪杰,他们的流风遗迹,使江山更增光辉。同时比较有亭、无亭的不同,使快哉亭的身份更因江景的不凡而显得不凡。

第三段突然跳开去,远写古代楚襄王君臣的故事,由襄王、宋玉的一问一答,写照出人间的苦乐悬殊,证明大自然的景物不是最大的关键,人事的变化才是最重要的因素。风没有雌雄之别,人却有贵贱乐忧的不同，影射快哉亭是一个与大家同乐的地方。

第四段紧接第三段，一方面赞美主人张梦得的不平凡胸襟，一方面也提倡坦然不为外物伤害本性的人生态度。有些诗人文人，心胸不够开豁，即使有再多的美景，也只能使他更加多愁善感，其实只要一念的转变，便能"无所不快"了。这一段又有一点像范仲淹《岳阳楼记》的最后一段，只不过子由没有特别强调"先天下之忧而忧"的人生观罢了。

全文一共用了七个"快"字，第一、三段各一个，第二段两个、最后一段三个，但句法完全不同："名之曰'快哉'""此其所以为快哉者也""亦足以称快世俗""快哉此风！""将何适而非快？""无所不快""乌睹其为快也哉？"有的当作名语用，有的当作形容词用，而且轻重节奏也不同，这正显示了作者运用文字的功力。再看他所安排的这七个字的前后位置，也是别具匠心、恰到好处。